2 en 1 Le premier rouge à lèvres qui repulse vos lèvres ET agrandit votre regard

ÉTAPE 1

Grâce à son bouchon super XXXL, il n'y a presque pas de produit ! Devant l'énormité de l'arnaque, vous êtes stupéfaite de vous être fait avoir, vos yeux s'écarquillent et votre regard s'agrandit naturellement !

ÉTAPE 2

Pour vos lèvres, vous obtenez un maximum de volume en une seule application ! (oui, parce qu'avec ce qu'il y a dans le flacon, y'en a que pour une seule application, hein).

« Hein ?!!! Nan mais c'est quoi c't'arnaque ? »

Une gamme de dix nouvelles teintes ultra-poétiques à assortir à vos gants de vaisselle pour sublimer votre quotidien de femme.

- Canard WC intense
- Fashion Mercurochrome
- Rose Mycose
- Acné nacrée
- Pipi du Matin
- Golden Gratin
- Eponge moisie
- Gâteau cramé
- Bouse des champs
- Casserole métallisée

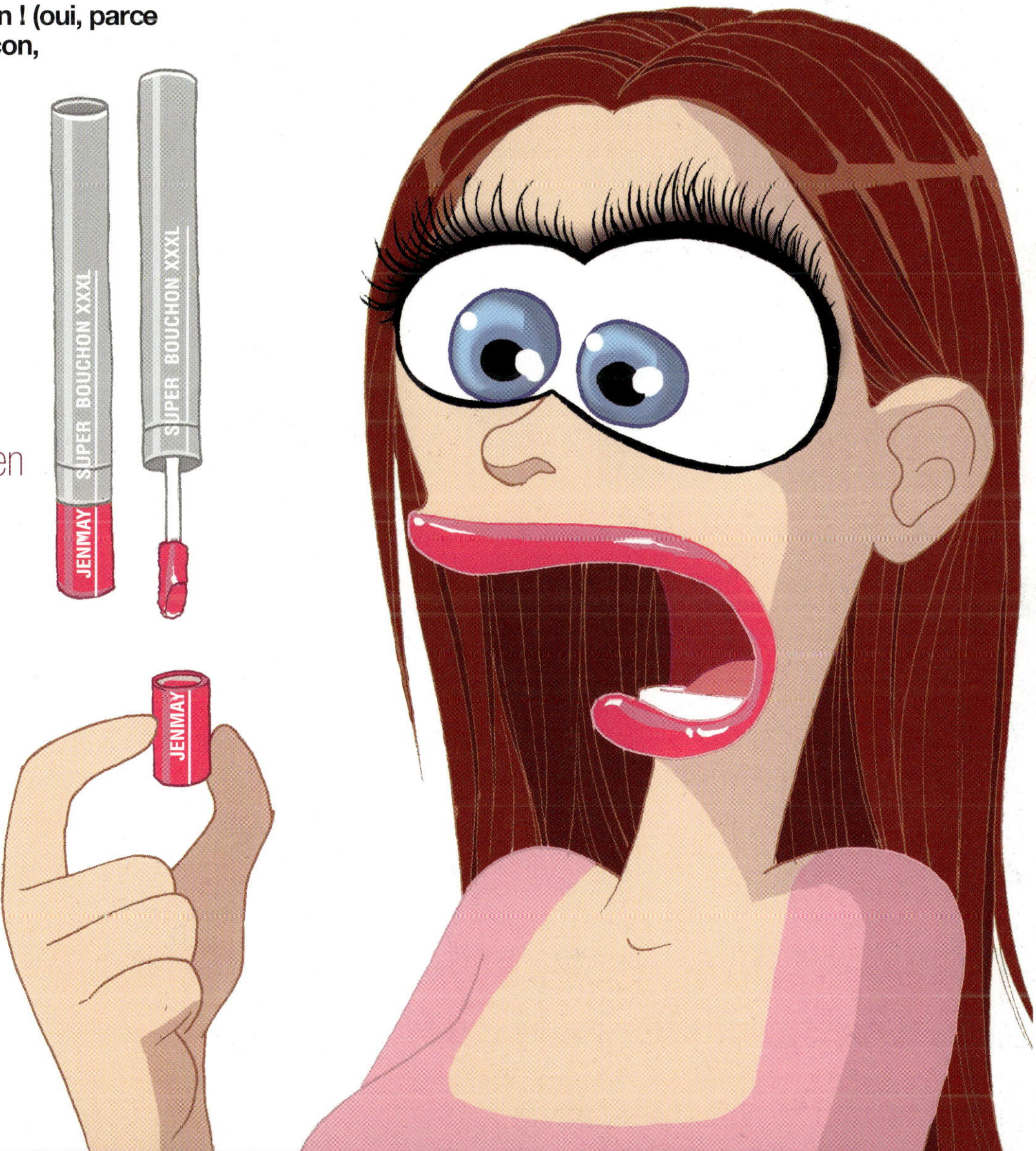

JENMAY quand y'en a plus, y'en a encore !... ah ben non, y'en a plus, non .

VALENTINE

rien dans ma vie !

Vos articles

Spécial Valentine

35 pages de BD :

- Pigeon Break
- Romantiko-Lanta
- 30 millions de cacas

CADEAU
SPÉCIAL CÉLIBATAIRE !
UN BOXER SUPER VIRIL !

Pour toute souscription à un abonnement à VALENTINE, d'une durée minimum de 24 ans, pour seulement 216 € !
Pour vous faire patienter jusqu'à votre prochaine histoire d'amour, chère lectrice célibataire, nous offrons ce ravissant boxer décoratif, dont vous pourrez orner avantageusement votre canapé ou votre dessus-de-lit afin d'apporter un légère touche de testostérone à votre studio de célibataire ; ainsi disposé, il éveillera la curiosité de vos amies et de votre chat, et sa présence chaleureuse vous remontera le moral les soirs de foot. Boxer multifonction grâce à sa texture incomparable, il peut également servir pour essuyer les larmes dans les yeux ou la pousssière dans les coins.

***existe en version string top girly !**

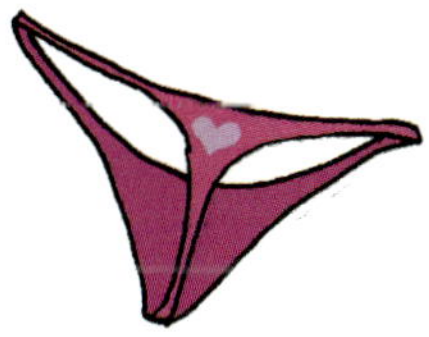

Dans les épisodes précédents...

Directeurs de la publication
Eric Adam
Romain Lorans
Rédactrice en chef
Anne Guillard
Rédacteurs
Anne Guillard
La Tulipe ventrue
Crédit Photos
Anne Guillard
Illustrations
Anne Guillard
Mise en couleur
Anne Guillard
Régie pub
Anne Guillard
Roman-photos
Anne Guillard
Bande Dessinée
Anne Guillard
Conseil scientifique
Docteur Raymond
Création graphique
Anne Guillard
Le Barbu marié (encore !)

"Merci à Maman et à Manue,
à Olivier (fournisseur officiel de Caféiiine),
à mes quatre Stanettes préférées,
aux copines de 4.21 et à tous ceux
qui auront la bonne idée de m'emmener à Venise
pour fêter la sortie de l'album."

31-33, rue Ernest-Renan
92130 ISSY-LES-MOULINEAUX
www.ventsdouest.com

Dépôt légal : avril 2007
ISBN : 978-2-7493-0353-6
Achevé d'imprimer en avril 2007
par QUALIBRIS (JL)

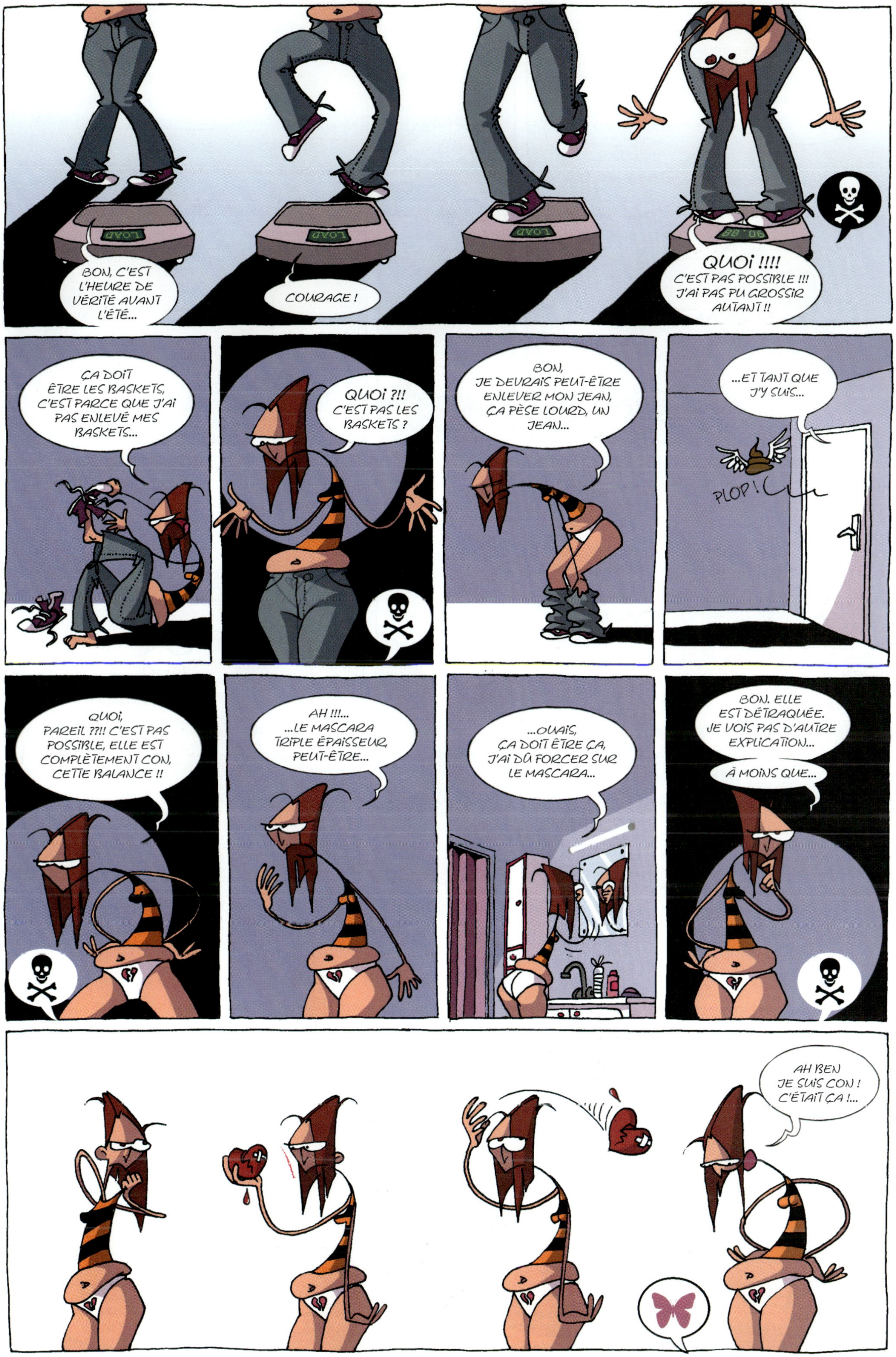

LOAD
BON, C'EST L'HEURE DE VÉRITÉ AVANT L'ÉTÉ...
COURAGE !
QUOI !!!!
C'EST PAS POSSIBLE !!! J'AI PAS PU GROSSIR AUTANT !!
ÇA DOIT ÊTRE LES BASKETS, C'EST PARCE QUE J'AI PAS ENLEVÉ MES BASKETS...
QUOI ?!! C'EST PAS LES BASKETS ?
BON, JE DEVRAIS PEUT-ÊTRE ENLEVER MON JEAN, ÇA PÈSE LOURD, UN JEAN...
...ET TANT QUE J'Y SUIS...
PLOP !
QUOI, PAREIL ??!! C'EST PAS POSSIBLE, ELLE EST COMPLÈTEMENT CON, CETTE BALANCE !!
AH !!!... ...LE MASCARA TRIPLE ÉPAISSEUR, PEUT-ÊTRE...
...OUAIS, ÇA DOIT ÊTRE ÇA, J'AI DÛ FORCER SUR LE MASCARA...
BON. ELLE EST DÉTRAQUÉE. JE VOIS PAS D'AUTRE EXPLICATION...
À MOINS QUE...
AH BEN JE SUIS CON ! C'ÉTAIT ÇA !...

HÉLAS, NOTRE AMOUR EST SANS ESPOIR, NOUS DEVONS NOUS DIRE ADIEU...
...NOS FAMILLES NE SONT PAS PRÊTES À ACCEPTER UN AMOUR COMME LE NÔTRE...
HÔÔW...
EMBRASSONS-NOUS UNE DERNIÈRE FOIS, MON CANARD...
...AH ! MON CŒUR SAIGNE ! NE RENDONS PAS CETTE SÉPARATION PLUS DIFFICILE !
...OH, DOUGLAS, LA VIE SANS VOUS NE M'EST PLUS RIEN !
...NE PLEUREZ PAS, PRISCILLA, ÉCOUTEZ-MOI ...
...UN JOUR NOUS NOUS RETROUVERONS, JE VOUS LE PROMETS !! ...NOTRE AMOUR EST PLUS FORT QUE LA MORT !!...
...DANS CETTE VIE OU DANS UNE AUTRE, NOUS NOUS RETROUVERONS, JE LE SAIS, CAR NOS DESTINS SONT LIÉS À JAMAIS !...
HÔÔW...
Ingrédients: Canard 20%, Viande de porc 65%, arômes, sel, épices.
Terrine de Canard
e Poids net: 180 gr
...ET ILS NE SE MARIÈRENT PAS, MAIS FIRENT BEAUCOUP DE PETITS POTS DE TERRINE.
MOUAIS... JE TROUVE QUE TU TE COMPLAIS UN PEU DANS LE MÉLODRAME, CES DERNIERS TEMPS...
...FAUT VRAIMENT QU'ON TE TROUVE VITE UN AMOUREUX, À TOI...

DÉPISTAGE ET PRÉVENTION

Célibatite aigüe

OCCUPEZ-VOUS DE VOS CÉLIBATAIRES !

Avec 8 millions de Français touchés par le célibat en France, le gouvernement va lancer une grande campagne de sensibilisation pour la population.
Comme chaque année dans les périodes critiques (le Nouvel An, la Saint-Valentin, les vacances d'été), des millions de laissés-pour-compte sont oubliés par la société. Afin de réveiller les consciences, les associations de célibataires ont appelé à manifester à l'occasion de la prochaine Saint-Valentin (bloquage de mairies, lâcher de culottes, lapidation de Cupidons...).
Alors lorsque vous voyez un célibataire près de chez vous, dans votre entourage, faites preuve de solidarité...

FAITES UN GESTE CITOYEN, appelez le 0966 !

Notre équipe d'intervention, la CELIBA'Team, fournira le KIT de première nécessité pour célibataire :

- **Une connection ADSL pour chater sur Meetic.**
- **Un sex-toy en forme de canard en plastique.**
- **Du chocolat.**
- **Des kleenex à volonté.**
- **Des anti-dépresseurs.**

QUE FAIRE ? UNE BONNE ALIMENTATION

Les célibataires sont plus fragiles que d'autres, alors pour éviter les carences amoureuses en vacances, privilégiez un alimentation équilibrée (mangez un string à chaque repas : riche en fibres, bon pour le transit, notamment chez les constipés congénitaux).

Certains compléments alimentaires comme ACTIMOULE, enrichis en phéromones (l'hormone de l'amour) vous aident à lutter efficacement contre le célibat tout au long de la journée, tout en préservant le bon équilibre de votre moule. Vous vous sentez plus sûre de vous, plus sexy. A consommer régulièrement en complément d'une activité sportive (jogging, coursage de bogosses dans la rue).

...Vous êtes en couple et vous ne vous sentez pas concernée par les problèmes de célibat ? Rien de tel que la prévention ! DANACOUPLE vous aide à renforcer quotidiennement votre couple afin que vous puissiez durer jusqu'à 75 ans et prendre ensemble une belle assurance-obsèques "Blairwitch Union"!

Comment reconnaître les premiers symptômes du célibat ?

Hypertrophie des glandes lacrimales et dépressives, vertiges ou nausées (devant les vitrines de Saint-Valentin), envies déraisonnables de trucs qui font grossir (sucreries, bébés), anorexie (de l'ego), paralysie (fessière, ménagère)...

L'AVIS DU PSY

Pour les célibataires en phase terminale désirant approfondir le sujet, nous recommandons la lecture de l'excellent traité "De boxera necessitum hominibus" ("De la nécessité du boxer chez l'homme") par le Dr Alain Posteur, résultat d'une enquête auprès des magazines féminins, selon laquelle le port du boxer est vital au sex-appeal masculin. Sinon, vous pouvez toujours aller voir un marabout ou sacrifier une poule à Satan, c'est très efficace aussi.

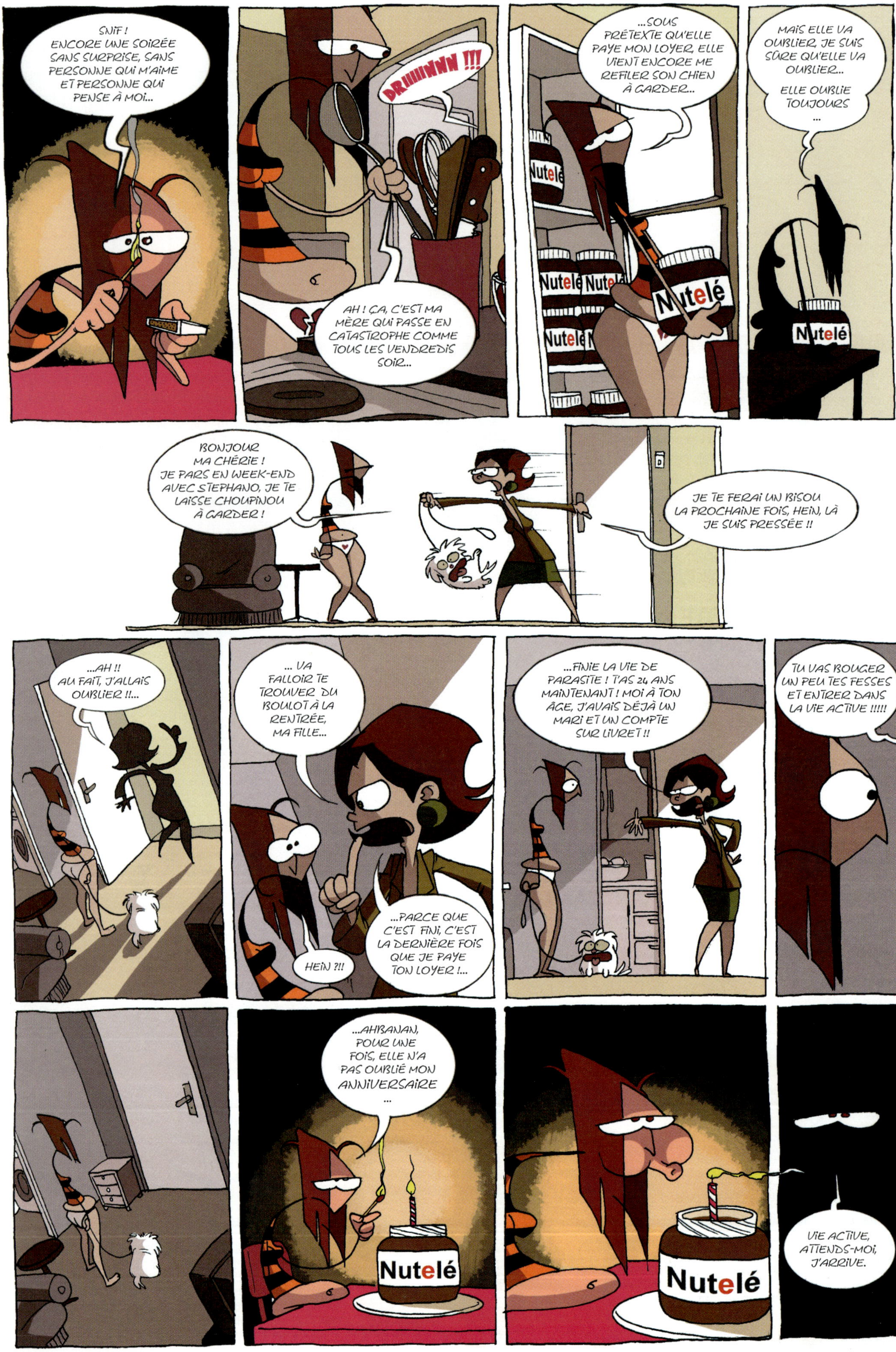
SNIF ! ENCORE UNE SOIRÉE SANS SURPRISE, SANS PERSONNE QUI M'AIME ET PERSONNE QUI PENSE À MOI...
DRIIIIINNN !!!
AH ! ÇA, C'EST MA MÈRE QUI PASSE EN CATASTROPHE COMME TOUS LES VENDREDIS SOIR...
...SOUS PRÉTEXTE QU'ELLE PAYE MON LOYER, ELLE VIENT ENCORE ME REFILER SON CHIEN À GARDER...
Nutelé
MAIS ELLE VA OUBLIER, JE SUIS SÛRE QU'ELLE VA OUBLIER...
ELLE OUBLIE TOUJOURS ...
BONJOUR MA CHÉRIE ! JE PARS EN WEEK-END AVEC STEPHANO, JE TE LAISSE CHOUPINOU À GARDER !
JE TE FERAI UN BISOU LA PROCHAINE FOIS, HEIN, LÀ JE SUIS PRESSÉE !!
...AH !! AU FAIT, J'ALLAIS OUBLIER !!...
... VA FALLOIR TE TROUVER DU BOULOT À LA RENTRÉE, MA FILLE...
HEIN ?!!
...PARCE QUE C'EST FINI, C'EST LA DERNIÈRE FOIS QUE JE PAYE TON LOYER !...
...FINIE LA VIE DE PARASITE ! T'AS 24 ANS MAINTENANT ! MOI À TON ÂGE, J'AVAIS DÉJÀ UN MARI ET UN COMPTE SUR LIVRET !!
TU VAS BOUGER UN PEU TES FESSES ET ENTRER DANS LA VIE ACTIVE !!!!!
...AHBANAN, POUR UNE FOIS, ELLE N'A PAS OUBLIÉ MON ANNIVERSAIRE ...
Nutelé
Nutelé
VIE ACTIVE, ATTENDS-MOI, J'ARRIVE.

VOYONS... 2, RUE DU CHANCRE PELVIEN...
...ÇA DOIT ÊTRE LÀ-HAUT.
Docteur Raymond
Sonnez S.V.P.
OHH !! VALENTINE, ÇA ALORS !! ENTREZ !!
...JE VIENS POUR UNE CONSULTATION.
BEN... C'EST PAS GRAND, VOTRE NOUVEAU CABINET...
...C'EST TOUT CE QUI ME RESTE !
REDRESSEMENT FISCAL !! ...ILS M'ONT TOUT PRIS, TOUT, TOUT ! MON 300m2 PLACE DE L'ÉTOILE, MON CABINET DU 16e, MA CLINIQUE PRIVÉE, MES MEUBLES LE CORBUSIER...
RHÔ, C'EST BALLOT, ÇA...
...TOUT, SAUF CETTE CHAMBRE DE BONNE DE 8m2 QUE JE LOUAIS À UN ÉTUDIANT POUR 800€ PAR MOIS !...
RHÔÔÔ... ...ET VOUS AVEZ DÛ EXPULSER L'ÉTUDIANT, DU COUP ??
NAAAN JE SUIS PAS UN MONSTRE !... JE LUI LOUE LE PLACARD SOUS L'ÉVIER POUR 500€ PAR MOIS.
...AU FAIT, VALENTINE, COMMENT M'AVEZ-VOUS RETROUVÉ ?
...BEN, C'EST UN MEC QUI M'A FILÉ VOTRE CARTE DANS LA RUE...
ALORS... JE VENAIS VOUS VOIR POUR UN "RITE VAUDOU", ET UN "RETOUR D'AFFECTION POUR QUE L'ÊTRE AIMÉ COURE APRÈS MOI COMME UN CHIEN DERRIÈRE SON MAÎTRE".
... C'EST POUR RÉCUPÉRER MON EX, QUI ÉPOUSE MA MEILLEURE AMIE LE MOIS PROCHAIN...
C'EST PARTI MON KIKI, C'EST DU TOUT CUIT !!

RHANLÀLÀ... PLUS QU'UN MOIS POUR ME TROUVER UN CHÉRI QUI M'ACCOMPAGNE À VENISE...
...SI JE ME POINTE TOUTE SEULE AU MARIAGE DE MON EX ET DE JENNIFER, C'EST LA LOSE TOTALE...
ON VA FINIR PAR TROUVER, T'INQUIÈTE PAS !... ALORS, T'EN AS REPÉRÉ UN QUI TE PLAÎT, ICI ?
BEN... OUAIS, LE BLOND LÀ-BAS, IL EST TROP CANON !! ...IL FERAIT JOLI SUR UNE GONDOLE.
OUSSAOUSSA ??
... CHUUUUT !! JUSTE LÀ, ACCOUDÉ AU BAR AVEC LE T-SHIRT VERT... ...REGARDE, MAIS DISCRET, HEIN, DISCRET !
OUAIS, BIEN VU !! CARRÉMENT BRADPITTIEN...
OUAIS.
OUAIS, HEIN !!
OUAIS.
...MAIS QU'EST-CE QUE JE DIS ?
BEN... T'AS QU'À FAIRE SEMBLANT D'ÊTRE UNE FILLE NORMALE.
BON ALLEZ, HOP !...
...JE VAIS PAS RESTER ASSISE LÀ TOUT L'APRÈM À ATTENDRE QU'IL ME REMARQUE !!
?!
REVIENS ICI, VALENTINE, REVIENS !
LAISSE-MOI FAIRE, MERDE ! JE SAIS CE QUE JE FAIS, JE SUIS MAJEURE ET VACCINÉE !!
NAN NAN NAN !! ATTENDS, RESTE LÀ !!
MEUH LÂCHE-MOI, MORUE ! TU ME FAIS PERDRE DU TEMPS, LÀ !
NAN, JE TE LAISSERAI PAS FAIRE ÇA, TU VAS LE REGRETTER !!
RHÂ NAN, IL EST VRAIMENT TROP CANON, CE MEC !
Menu du Jour
SORTIE
...REVIENS ! TON BRAD PITT EST DE L'AUTRE CÔTÉ, VAL' !!! VA LUI PARLER !! ARRÊTE DE TE DÉFILER TOUT LE TEMPS !!
NAAN ! 'Y A DES TAS DE MECS BIEN MOINS INTIMIDANTS DEHORS !!!

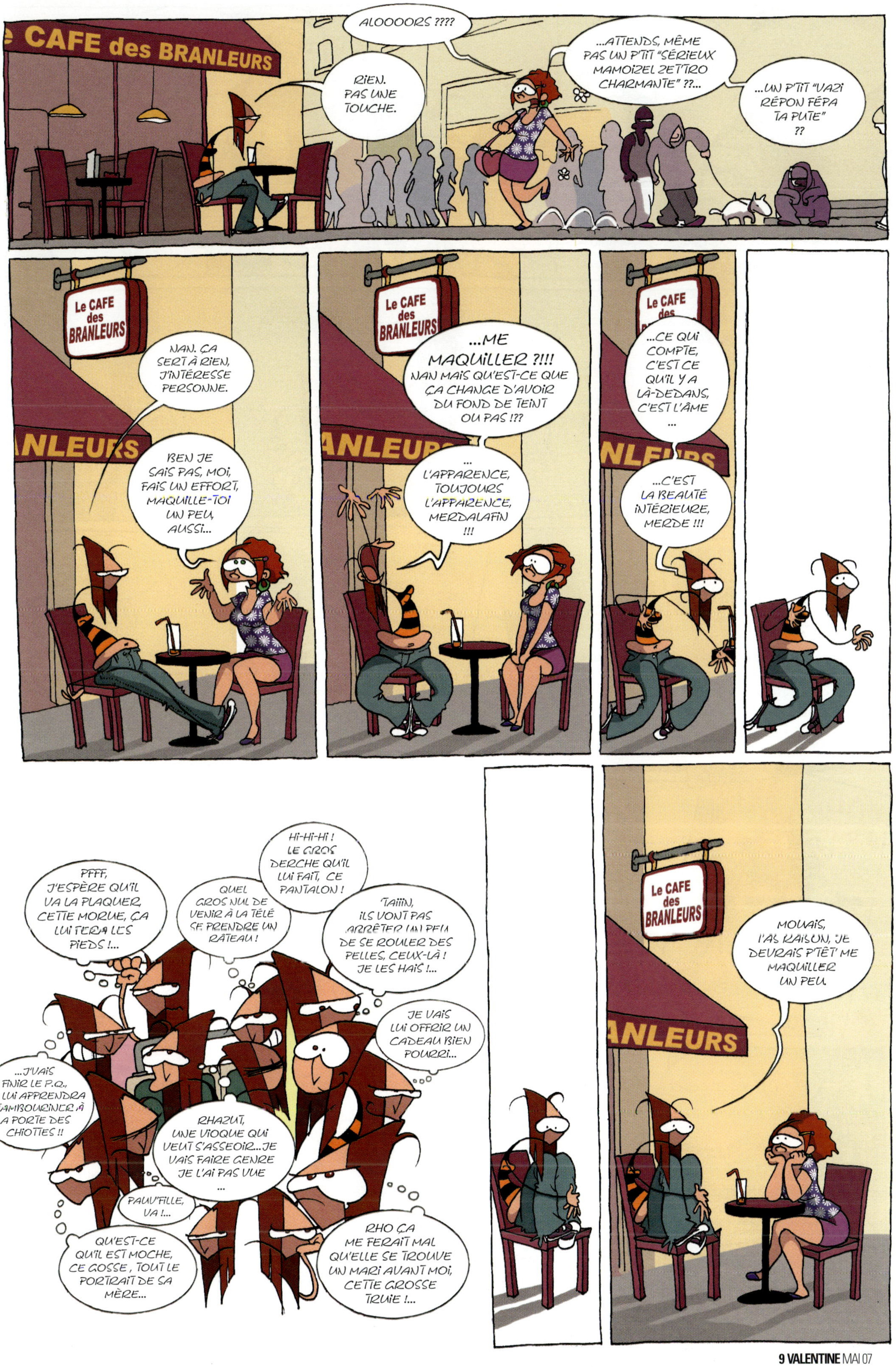
Le CAFE des BRANLEURS
ALOOOORS ????
RIEN. PAS UNE TOUCHE.
...ATTENDS, MÊME PAS UN P'TIT "SÉRIEUX MAMOIZEL ZET'TRO CHARMANTE" ??...
...UN P'TIT "VAZI RÉPON FÉPA TA PUTE" ??
Le CAFE des BRANLEURS
NAN. ÇA SERT À RIEN, J'INTÉRESSE PERSONNE.
BEN JE SAIS PAS, MOI, FAIS UN EFFORT, MAQUILLE-TOI UN PEU, AUSSI...
Le CAFE des BRANLEURS
...ME MAQUILLER ?!!! NAN MAIS QU'EST-CE QUE ÇA CHANGE D'AVOIR DU FOND DE TEINT OU PAS !??
... L'APPARENCE, TOUJOURS L'APPARENCE, MERDALAFIN !!!
...CE QUI COMPTE, C'EST CE QU'IL Y A LÀ-DEDANS, C'EST L'ÂME ...
...C'EST LA BEAUTÉ INTÉRIEURE, MERDE !!!
PFFF, J'ESPÈRE QU'IL VA LA PLAQUER, CETTE MORUE, ÇA LUI FERA LES PIEDS !...
QUEL GROS NUL DE VENIR À LA TÉLÉ SE PRENDRE UN RÂTEAU !
HI-HI-HI ! LE GROS DERCHE QU'IL LUI FAIT, CE PANTALON !
TAIIIN, ILS VONT PAS ARRÊTER UN PEU DE SE ROULER DES PELLES, CEUX-LÀ ! JE LES HAIS !...
JE VAIS LUI OFFRIR UN CADEAU BIEN POURRI...
...J'VAIS FINIR LE P.Q., ÇA LUI APPRENDRA À TAMBOURINER À LA PORTE DES CHIOTTES !!
RHAZUT, UNE VIOQUE QUI VEUT S'ASSEOIR...JE VAIS FAIRE GENRE JE L'AI PAS VUE ...
PAUV'FILLE, VA !...
QU'EST-CE QU'IL EST MOCHE, CE GOSSE, TOUT LE PORTRAIT DE SA MÈRE...
RHO ÇA ME FERAIT MAL QU'ELLE SE TROUVE UN MARI AVANT MOI, CETTE GROSSE TRUIE !...
Le CAFE des BRANLEURS
MOUAIS, T'AS RAISON, JE DEVRAIS P'TÊT' ME MAQUILLER UN PEU.

..C'EST VRAI, TU PEUX PAS TE CONTENTER D'ATTENDRE L'AMOUR PASSIVEMENT !!...
...SI TU VEUX TE TROUVER UN MEC, FAUT QUE TU TE FASSES BELLE !!
...MOI JE SUIS ABONNÉE À "YOUPILAVIE" ! CETTE SEMAINE, ILS FONT UN SPÉCIAL "PRODUITS DE BEAUTÉ !"...
ALLEZ, ÇA VA MARCHER !!! TOUS LES MECS SE RETOURNERONT SUR TOI !
MOUAIS, C'EST FACILE À DIRE QUAND ON A DES NICHONS...
YOUPILAVIE!
1,50€ seulement
450 TRUCS à la con qui servent à rien
SEXE Oulala
VECU Trop dingue!
Beauté Produits stars
Nouveau SPEED VERNIS! SEC en 5 secondes CHRONO !
AHBAH C'EST MALIN, ÇA !...
Apugrocu
MASSE MASSE
YOUPILAVIE!
SEXE Oulala didonc didonc!
1,50€ seulement
299 TRUCS à la con qui servent à rien.
VECU Trop dingue!
Régimes pour un corps parfait
LE TOFU C'EST TROP FUN!
CHMACHE CHMACHE
REGIME! Le gratin de choukas de Bolivie!!
Ingrédients : 300g de choukas de Bolivie. 1 noisette de galanga.
VOUS AVEZ DES CHOUKAS DE BOLIVIE ?
?
30 MAGASINS PLUS LOIN
VOUS AVEZ DES CHOUKAS DE BOLIVIE ?
...AH, DES COURGETTES ? OUI, JUSTE LÀ.
YOUPILAVIE!
1,50€ seulement
135 TRUCS à la con qui servent à rien
SEXE Oulala didonc didonc!
VECU Trop dingue!
Belle en maillot
La gym de l'été
POUIC ! POUIC ! POUIC !
GNNN...
PLOC !
RHÂÂÂ
PRESSE
PFOUUU !... ALORS À QUOI ON VA AVOIR DROIT, CETTE SEMAINE ?
CRUIC !
CLIC !
CRAC !
HEIN ?!!
YOUPILAVIE!
SEXE Oulala didonc didonc!
1,50€ seulement
VECU Trop dingue!
450 TRUCS à la con qui servent à rien.
L'amour m'a rendue belle
es BRANLEURS
VAAAAAAL' ?!!...
FINALEMENT, JE VAIS ME CONTENTER D'ATTENDRE L'AMOUR PASSIVEMENT...

PRINCESSE RAIPONCE III
ON A BEAU ÊTRE PRINCESSE RAIPONCE, 'FAUT BIEN LES MOTIVER À GRIMPER...
PS3
OUÉÉÉ !

Salut les losers ! Mon nom est Ramona, et je suis votre Lose Coach. Je suis là essentiellement pour me faire du pognon, mais aussi pour vous conseiller dans vos problèmes de cœur. Bon, je sais, à première vue j'ai l'air vieille, chiante, et je ressemble à un psy mysogyne avec une perruque sur la tête... Mais je regarde régulièrement "Amour, Gloire et Beauté", alors n'hésitez pas à m'envoyer vos problèmes de gonzesse et vos échecs amoureux à : "RIEN DANS MA VIE", rubrique "Le courrier des cœurs moisis".

LE COURRIER DES Cœurs Moisis

Cher magazine,
Je t'écris parce que je cherche encore le mec de ma vie, alors je passe l'annonce : si tu es mignon et bien musclé, avec des cheveux châtains et de beaux yeux bleu turquoise, écris-moi.
Loveuse-du-75, 17 ans, Paris.

Chère Loveuse-du-75,
Je pense que tu accordes trop d'importance au physique. Tu sais, peu importe la couleur de ses yeux, du moment qu'ils sont assortis à sa carte bleue.

Cher magazine,
G arreter l'écolle à 15 ans pour aller vivre avec un mec, mé aujourdui je trouve pas de taf parce ke G pas de diplaume. Je vouler juste dire les études C grave plus important que lé histoires de mec.
Tina, 24 ans, Bois de Boulogne.

Chère Tina,
Tu as entièrement raison, c'est pourquoi nous rédigeons tous les mois notre rubrique "JOB/CARRIERE", destinée à informer et à préparer nos jeunes lectrices à leur avenir professionnel. Tu peux consulter nos dossiers "Comment se maquiller pour séduire un PDG à 80KF/an", "Quel look adopter pour pécho un gosse de riche/un intello/ un jet-setter", "30 Façons de rendre heureux au lit un pharmacien"...

Cher magazine,
J'ai 17 ans et je me trouve nulle, les garçons ne font pas attention à moi, j'en ai marre ; quand je regarde la télé, je songe sérieusement à avoir recours moi aussi à la chirurgie esthétique...
Nichona, 17 ans, Torgnole-sur-Bouse.

Chère Nichona,
De nombreuses filles sont contraintes de passer sous le scalpel pour correspondre aux normes en vigeur. Dernière révélation en date : les miss météo de M6 sont toutes passées sous le bistouri du chirurgien ; en effet, ces filles à la plastique de rêve ont dû subir une ablation du cerveau avant de pouvoir présenter la météo. Alors si toi aussi tu es gênée par un cerveau un peu trop gros dans ta vie de tous les jours, n'hésite pas à te le faire enlever.

Cher magazine,
Depuis que mon copain m'a quittée, je ne sors plus de chez moi et je pleure toute la journée. Je n'arrive pas à l'oublier, j'ai constamment son visage devant les yeux.
Romy, 18 ans, Toulon.

Chère Romy,
On ne peut rien pour tes yeux, par contre, grâce aux nouvelles RAGNAGNA Ultra, c'est le Nirvana dans ton slip, même quand c'est le Niagara dans tes yeux ! Grâce à RAGNAGNA Ultra, tu auras envie de faire du surf acrobatique, du rafting, du canyoning, du footing, du night-clubbing, ou même du mammowashing (le lavage de grosse voiture tunée à l'aide de ses seins plutôt qu'avec une éponge). Bref, tous ces sports trop funs en "ing" que se doit de pratiquer une fille bien dans son string.

Cher magazine,
Je t'écris parce que je nage dans le bonheur avec mon Johnny Deppounet chéri et mes enfants trop mignons. C'est merveilleux, je souhaite à toutes les femmes de connaître le même bonheur que moi. Je vous aime tous.
Vanessa P., 34 ans, Partout.

Chère Vanessa,
Tu commences à nous les gonfler sévère à la rédac'. Ça te suffit pas de faire toutes les couvertures de magazines, 'faut aussi que tu viennes te la péter à la page du "Courrier du cœur" ?! Réécris-nous quand ton Johnny Deppounet t'aura plaquée pour Zazie et que tu auras la tronche de Jeanne Moreau.
Nous aussi on t'aime.

★ La lettre pathétique du mois ★

Tous les mois, Ramona sélectionne pour vous une lettre bien glauque et bien pathos. Ce mois-ci, c'est l'histoire de Patricia qui a retenu son attention.

Son histoire a commencé comme un conte de fées. Gregory faisait une fête chez lui. Patricia n'était même pas invitée, elle accompagnait seulement des copines. Dès la première seconde, elle a su que c'était lui. Elle était allée chez lui pour cette soirée... et elle n'en est jamais repartie. Voilà maintenant deux ans que Patricia et Gregory habitent ensemble... Tous les matins, elle le regarde partir au boulot, puis elle l'attend amoureusement à la maison toute la journée.
Oui mais voilà. Le problème, c'est que Gregory n'est pas au courant qu'ils habitent ensemble. Il la prend pour un porte-manteau. Dès la première seconde, il l'a prise pour un portemanteau, lui jetant dessus les doudounes de ses copines pour aller s'amuser plus loin avec elles, pendant que Patricia restait debout près de la porte, immobile et fascinée.
Mais aujourd'hui, deux ans après, elle a mal aux bras et elle ne sait pas comment avouer la vérité à Gregory. Elle a peur de le blesser, de le perdre pour toujours, de briser cette relation si forte d'homme à portemanteau.

Chère Patricia,
Tu fais tout simplement partie de la catégorie des filles invisibles. Deux ans après, même tes parents ne se sont pas aperçus de ta disparition. Sur ta photo d'identité on te voit à peine, parce que tu as le teint aussi terne que le fond de la cabine photomaton. La première chose à faire dans cette situation, c'est de baisser les bras (au sens propre, pas figuré), et de poser par terre tous ces manteaux qui t'étouffent.

L'AVIS DU DÉCORATEUR D'INTÉRIEUR
Ton problème, Patricia, c'est que tu ne te mets pas en valeur. La solution pour toi, ça n'est pas le maquillage, mais la peinture Ripolin : si tu es brune, tu ressortiras mieux devant un mur de couleur coquille d'œuf. Tu peux aussi essayer d'occuper un espace mieux éclairé, à côté de la fenêtre.

★★★★★ **GRAND CONCOURS** ★★★★★

Exprime ta déprime !

notre gagnante !

Le mois dernier, nous vous proposions d'envoyer vos plus belles photos de filles paumées, afin de gagner un relooking en "fille bien-dans-sa-peau" !
C'est Jessica qui a gagné grâce à cette magnifique photo !
Merci à toutes les autres lectrices paumées qui n'ont pas hésité à participer, elles ont gagné notre amour et notre tendresse infinie.
Dans notre dernier numéro, le concours était sponsorisé par DIOR (youpi). Ce mois-ci le concours est sponsorisé par les Laboratoires BUBON (re-youpi). Nous avons donc interviewé Jessica juste après son relooking :

Jessy, tu étais un peu une désespérée de la vie.
Euh... Oui, c'est ça.
...Et on comprend pourquoi ! Ta peau, on aurait dit du PQ bon marché, et tes pores, c'était de vrais cratères de météorites !
Ah, tant que ça ?...
Heureusement, on t'a fait essayer la nouvelle crème thermo-lissante des Laboratoires BUBON et leur soin repulsifieur dermotrocool éclairateur de face.
Holàlà, oui ma peau tire moins, elle est revitalisée en profondeur, tout ça.
Alors, ça fait quoi d'être une fille bien-dans-sa-peau ?
Ben en fait, je voyais pas ça comme ça, je pensais plutôt au bien-être intérieur, à la dimension psychologique du relooking...
A la dimension psycholoquoi ?
Ben par exemple, que vous régleriez tous mes problèmes de femme en m'installant des implants nichonnaires, comme dans les reportages à la télé, style "J'ai vendu ma Twingo et mes enfants pour un 95 bonnet D, depuis je suis une femme comblée et mon couple est sauvé."
Ben, on a moins de budget que TF1, en fait.

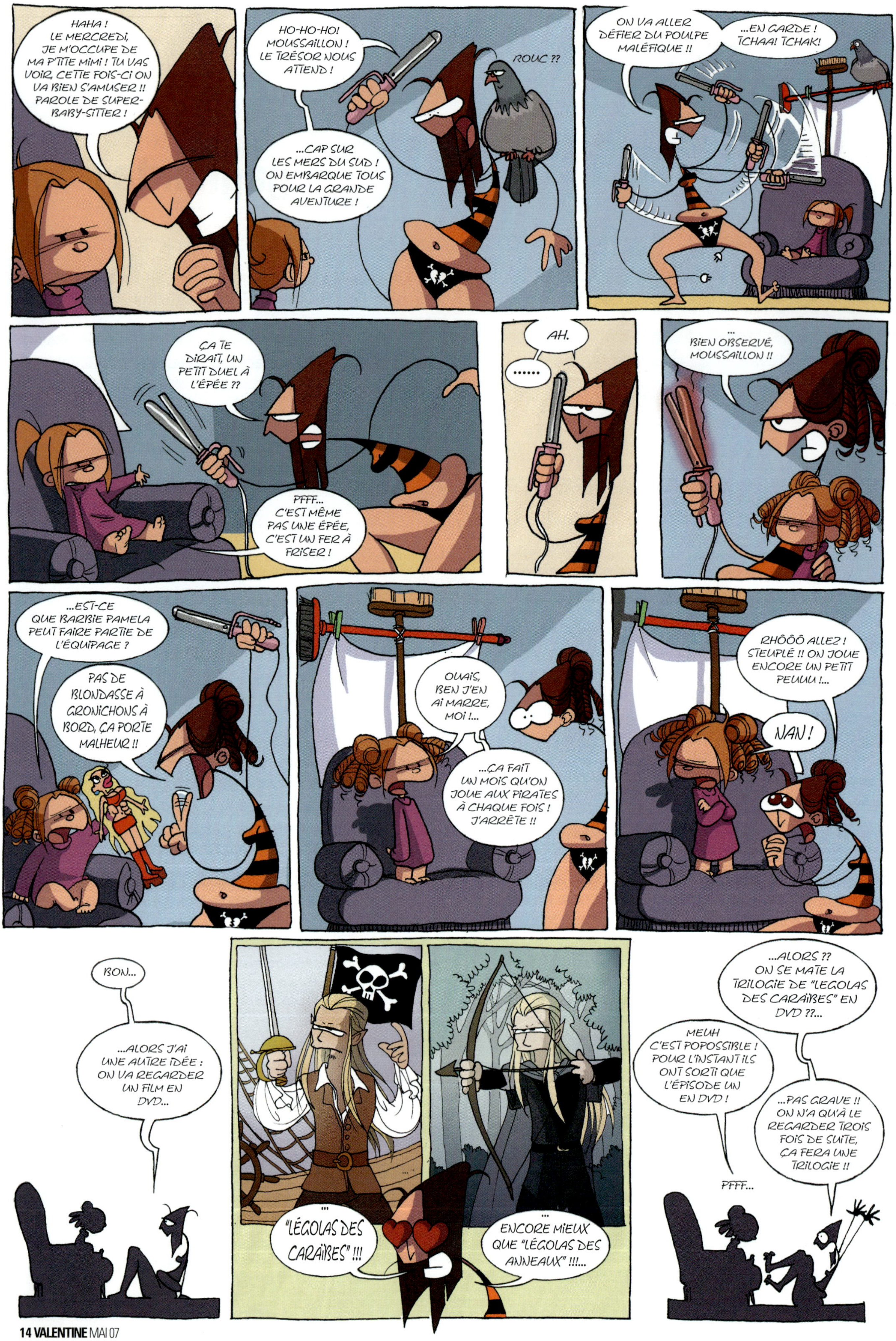
HAHA ! LE MERCREDI, JE M'OCCUPE DE MA P'TITE MIMI ! TU VAS VOIR, CETTE FOIS-CI ON VA BIEN S'AMUSER !! PAROLE DE SUPER-BABY-SITTER !
HO-HO-HO! MOUSSAILLON ! LE TRÉSOR NOUS ATTEND !
ROUC ??
...CAP SUR LES MERS DU SUD ! ON EMBARQUE TOUS POUR LA GRANDE AVENTURE !
ON VA ALLER DÉFIER DU POULPE MALÉFIQUE !!
...EN GARDE ! TCHAA! TCHAK!
ÇA TE DIRAIT, UN PETIT DUEL À L'ÉPÉE ??
PFFF... C'EST MÊME PAS UNE ÉPÉE, C'EST UN FER À FRISER !
AH.
......
... BIEN OBSERVÉ, MOUSSAILLON !!
...EST-CE QUE BARBIE PAMELA PEUT FAIRE PARTIE DE L'ÉQUIPAGE ?
PAS DE BLONDASSE À GRONICHONS À BORD, ÇA PORTE MALHEUR !!
OUAIS, BEN J'EN AI MARRE, MOI !...
...ÇA FAIT UN MOIS QU'ON JOUE AUX PIRATES À CHAQUE FOIS ! J'ARRÊTE !!
RHÔÔÔ ALLEZ ! STEUPLÉ !! ON JOUE ENCORE UN PETIT PEUUU !...
NAN !
BON...
...ALORS J'AI UNE AUTRE IDÉE : ON VA REGARDER UN FILM EN DVD...
"LÉGOLAS DES CARAÏBES" !!!
... ENCORE MIEUX QUE "LÉGOLAS DES ANNEAUX" !!!...
...ALORS ?? ON SE MATE LA TRILOGIE DE "LÉGOLAS DES CARAÏBES" EN DVD ??...
MEUH C'EST POPOSSIBLE ! POUR L'INSTANT ILS ONT SORTI QUE L'ÉPISODE UN EN DVD !
...PAS GRAVE !! ON N'A QU'À LE REGARDER TROIS FOIS DE SUITE, ÇA FERA UNE TRILOGIE !!
PFFF...

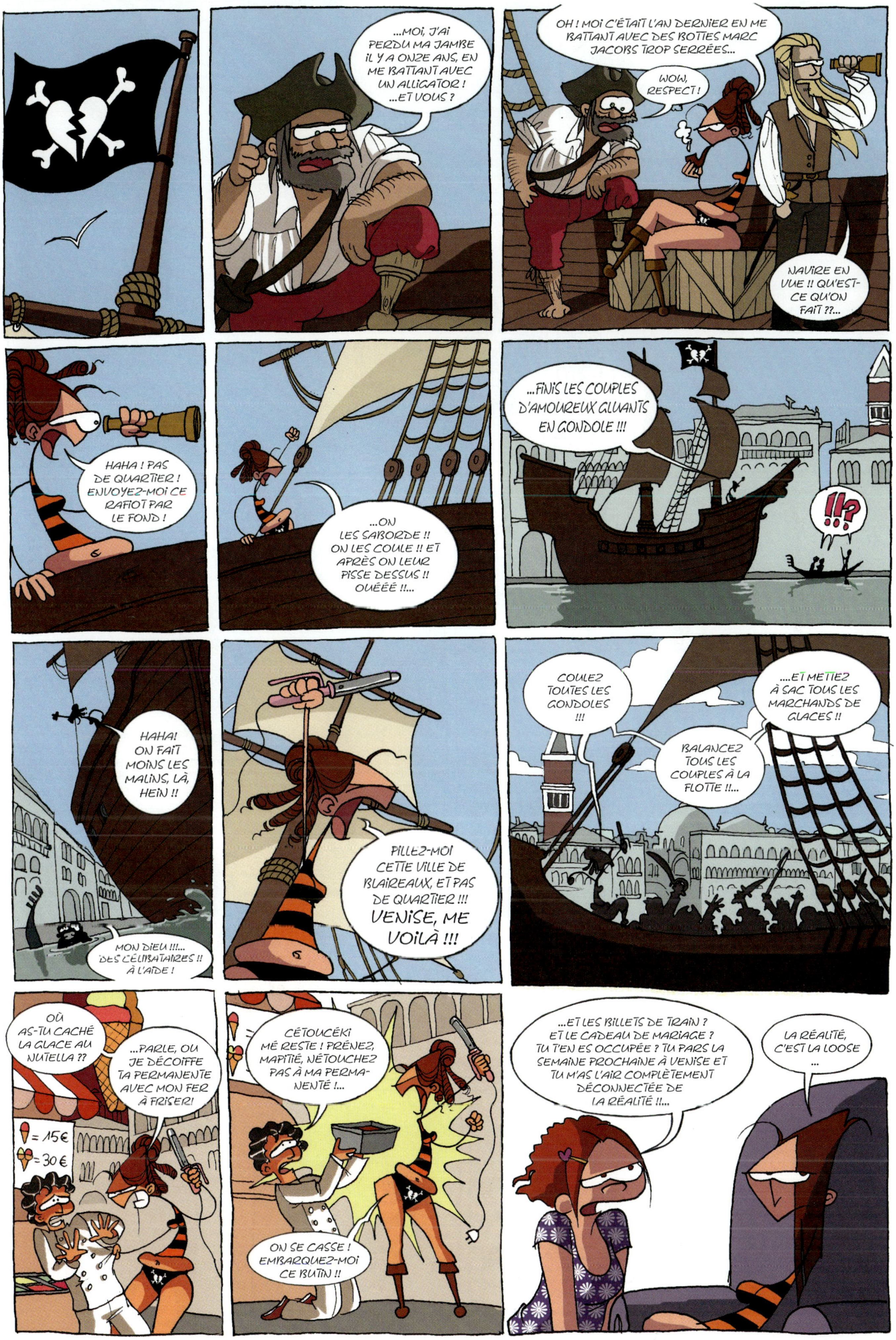
...MOI, J'AI PERDU MA JAMBE IL Y A ONZE ANS, EN ME BATTANT AVEC UN ALLIGATOR ! ...ET VOUS ?
OH ! MOI C'ÉTAIT L'AN DERNIER EN ME BATTANT AVEC DES BOTTES MARC JACOBS TROP SERRÉES...
WOW, RESPECT !
NAVIRE EN VUE !! QU'EST-CE QU'ON FAIT ??...
HAHA ! PAS DE QUARTIER ! ENVOYEZ-MOI CE RAFIOT PAR LE FOND !
...ON LES SABORDE !! ON LES COULE !! ET APRÈS ON LEUR PISSE DESSUS !! OUÉÉÉ !!...
...FINIS LES COUPLES D'AMOUREUX GLUANTS EN GONDOLE !!!
!!?
HAHA! ON FAIT MOINS LES MALINS, LÀ, HEIN !!
MON DIEU !!!... DES CÉLIBATAIRES !! À L'AIDE !
PILLEZ-MOI CETTE VILLE DE BLAIREAUX, ET PAS DE QUARTIER !!! VENISE, ME VOILÀ !!!
COULEZ TOUTES LES GONDOLES !!!
BALANCEZ TOUS LES COUPLES À LA FLOTTE !!...
....ET METTEZ À SAC TOUS LES MARCHANDS DE GLACES !!
OÙ AS-TU CACHÉ LA GLACE AU NUTELLA ??
...PARLE, OU JE DÉCOIFFE TA PERMANENTE AVEC MON FER À FRISER!
= 15€
= 30€
CÉTOUCÉKI MÉ RESTE ! PRÉNEZ, MAPITIÉ, NÉTOUCHEZ PAS À MA PERMANENTÉ !...
ON SE CASSE ! EMBARQUEZ-MOI CE BUTIN !!
...ET LES BILLETS DE TRAIN ? ET LE CADEAU DE MARIAGE ? TU T'EN ES OCCUPÉE ? TU PARS LA SEMAINE PROCHAINE À VENISE ET TU M'AS L'AIR COMPLÈTEMENT DÉCONNECTÉE DE LA RÉALITÉ !!...
LA RÉALITÉ, C'EST LA LOOSE ...

...MAIS EUH... SINON, SUR LA LISTE DE MARIAGE, IL VOUS RESTE RIEN À MOINS DE 500€ ?...
... CH'AIS PAS, MOI, UN CACHE-ÉPONGE, UNE HOUSSE DE TÉLÉCOMMANDE, UN TROMBONE ...
.. MAIS BIEN SÛR ! CHEZ "PADONNÉ", LE CHOIX EST TRÈS VARIÉ !...
...ALORS À MOINS DE 500€, IL NOUS RESTE CES DEUX LITHOGRAPHIES DE JOHNNY DE BONGOUT, UN GRAND ARTISTE NÉO-ROMANTIQUE QUE MADEMOISELLE ADOOORE...
...IL PEINT EXCLUSIVEMENT DES CHATONS-MIGNONS ET DES DAUPHINS-MALINS. MADEMOISELLE ADOOORE LES DAUPHINS.
ARGH !!! ELLE PEUT PAS METTRE DES POSTERS DE LEGOLAS COMME TOUT LE MONDE !...
...LA PLUS GRANDE EST À 250€, C'EST UNE SÉRIE LIMITÉE. LA PETITE EST À 50€.
...JE VOUS LAISSE FAIRE VOTRE CHOIX ...
PFIOUUU...
BON BEN ... ALOREUUU...
TAP! TAP! TAP!
PFFFFF....
RHAA... BOOOON ALLEZ, JE VAIS LUI PRENDRE LA GRANDE À 250€...
ON SAIT JAMAIS ...

Waow, merci d'avoir été aussi nombreuses à répondre à notre sondage du mois dernier !

QUEL EST TON ANIMAL PRÉFÉRÉ ?

...Voici les résultats : **57% SONT TROP FANS DES DAUPHINS**

3% ont répondu les bébés

37% ont répondu les chevaux

2% ont répondu Diddle

FLIPPANT
Le Dauphin

La rédaction du magazine vous présente ses excuses, mais suite à un problème technique nous sommes dans l'impossibilité de faire figurer sur cette page des jolis gifs animés de dauphins qui dansent pour illustrer notre propos, ni une musique d'ambiance à base de glouglou de vagues et de flûte de Pan.

Le dauphin dans notre société

Rectifions d'abord une idée fausse : le dauphin n'est pas un cétacé, non. En réalité il appartient à une catégorie animale plus étendue que celle des cétacés : les cétromignons, terme désignant des animaux dont absolument tout le monde est fan comme les chatons, les titis ou les bébés. Eh oui, nombreuses sont celles qui rêvent d'aller nager avec les dauphins dans l'eau couleur Canard WC d'un lagon exotique pour la modique somme de 5400 € passion comprise... Mais que celles qui n'ont jamais collé de photo de dauphin rigolard dans leur agenda leur jettent la première pieuvre !

Le dauphin est aussi le meilleur ami des fabricants d'assiettes en porcelaine, de dessus-de-chiotte en moumoute polaire, de bagues plaquées laiton qui te verdissent le doigt, de miroirs en plâtre, de cartes postales rigolotes, de canevas, de puzzles de 5000 pièces, des fournisseurs de super fonds d'écran, et de tous les amateurs de bon goût en général...

Le dauphin est en quelque sorte l'animal sacré de notre société occidentale, comme la vache l'est par exemple en Inde ; à la différence près que les vaches sont plus intelligentes que les dauphins, puisqu'elles se contentent de regarder passer les trains au lieu de vouloir à tout prix faire la course à côté pour frimer devant les copines...

Le sais-tu ?

Le dauphin adore jouer au ballon ; il possède en effet un cerveau d'une taille équivalente à celui d'un footballeur, c'est-à-dire presque aussi développé que celui d'un humain.

Le dauphin n'a pas peur des hommes ; c'est vous dire s'il est con.

Une légende raconte qu'un dauphin serait mort dans le naufrage du Titanic, en faisant la course avec le célèbre paquebot ; lui non plus n'aurait pas vu arriver l'iceberg. L'histoire se rappelle de lui sous le nom de "Boum le Dauphin".

La peau du dauphin est incroyablement douce au toucher. C'est parce qu'il s'épile avec le nouveau rasoir 10 lames de Bébélisse et qu'il entretient tous les jours son capital peau lisse avec la crème anti-âge aux actifs marins des Laboratoires Charnier. Glamour, le dauphin.

Les mœurs des dauphins sont très particulières : le dauphin ne saute hors de l'eau qu'au crépuscule, devant un soleil couchant orange dardant ses rayons au travers de nuages violets, ce qui dénote un goût inné de l'esthétique chez ce noble animal. Le reste du temps, il nage majestueusement avec sa progéniture au milieu de bulles et de récifs de corail qui se ressemblent tous afin d'emmerder les amateurs de puzzles de 5000 pièces .

Pas de panique ! Dans la mer, il est facile de distinguer l'aileron dorsal du dauphin de celui du requin, il y a une astuce imparable : regardez vers le bas, s'il vous manque les deux jambes, c'est un aileron de requin.

Les dauphins et les humains peuvent partager de longs moments d'intimité... Car le dauphin n'est pas seulement l'ami de l'homme, il est aussi celui du bon goût.

Les dauphins ne sont pas spécialement romantiques, ils ont juste compris qu'on sautait plus facilement devant un coucher de soleil.

Certaines espèces de dauphins du Pacifique appelés "dauphins gymnastes" ne savent pas seulement jouer au ballon... Ils maîtrisent aussi parfaitement le ruban, le cerceau et les massues, bref tous les autres engins de ce sport trop génial qu'est la G.R.S. Puisqu'on vous le dit.

L'AVIS DU PSY

Il a été démontré que nager avec les dauphins a des vertus apaisantes et curatives sur certains malades ou certains ados pénibles. Alors pour ceux qui n'ont pas les moyens de s'offrir une dauphinothérapie dans les mers du Sud, je vends une magnifique collection de dauphins en verroterie véritable pleine d'ondes positives pour une somme tout à fait raisonnable. Écrire au journal qui transmettra.

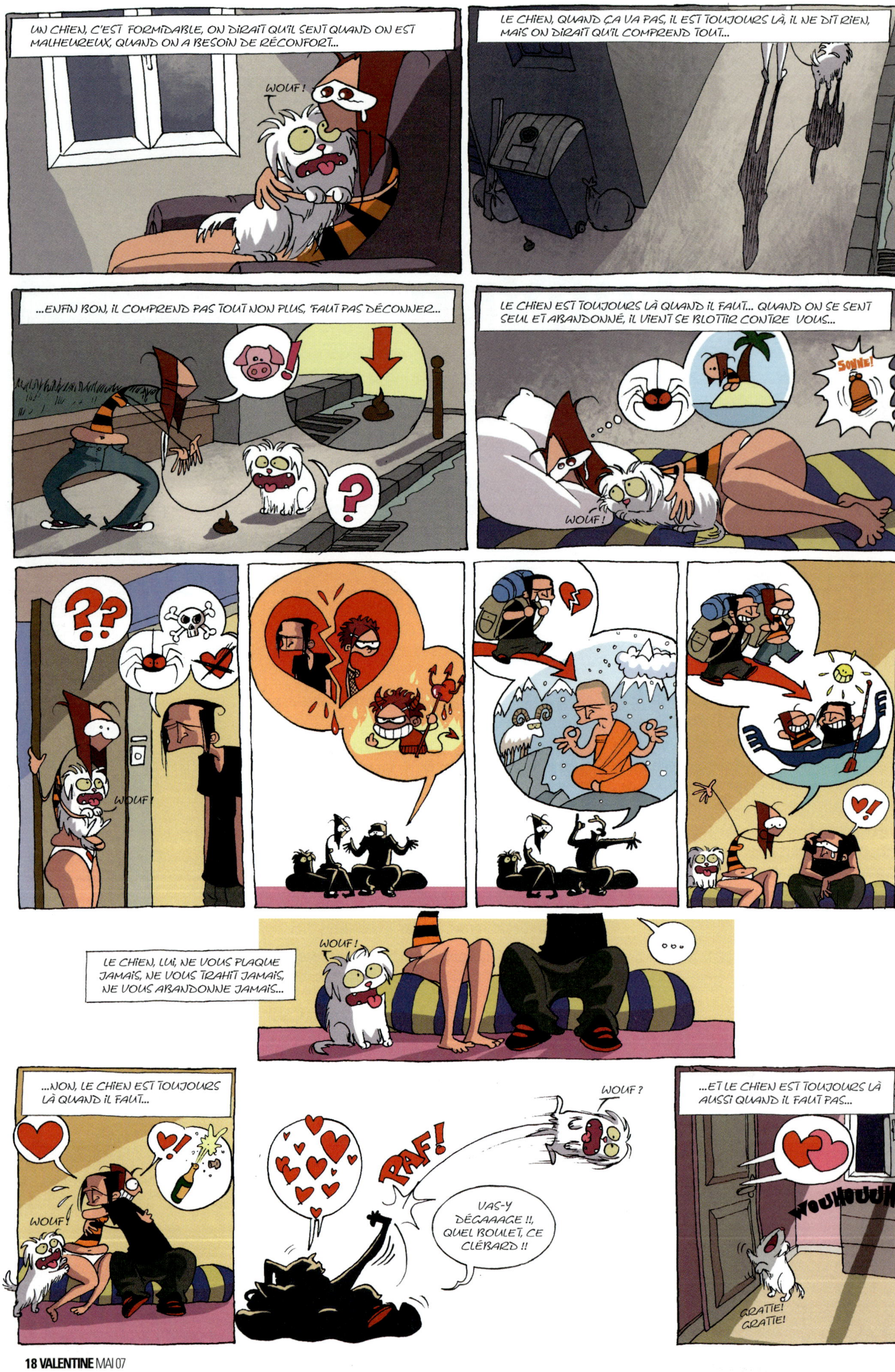
UN CHIEN, C'EST FORMIDABLE, ON DIRAIT QU'IL SENT QUAND ON EST MALHEUREUX, QUAND ON A BESOIN DE RÉCONFORT...
WOUF !
LE CHIEN, QUAND ÇA VA PAS, IL EST TOUJOURS LÀ, IL NE DIT RIEN, MAIS ON DIRAIT QU'IL COMPREND TOUT...
...ENFIN BON, IL COMPREND PAS TOUT NON PLUS, FAUT PAS DÉCONNER...
LE CHIEN EST TOUJOURS LÀ QUAND IL FAUT... QUAND ON SE SENT SEUL ET ABANDONNÉ, IL VIENT SE BLOTTIR CONTRE VOUS...
SONNE!
WOUF !
WOUF !
LE CHIEN, LUI, NE VOUS PLAQUE JAMAIS, NE VOUS TRAHIT JAMAIS, NE VOUS ABANDONNE JAMAIS...
WOUF !
...NON, LE CHIEN EST TOUJOURS LÀ QUAND IL FAUT...
WOUF !
WOUF ?
PAF!
VAS-Y DÉGAAAGE !!, QUEL BOULET, CE CLÉBARD !!
...ET LE CHIEN EST TOUJOURS LÀ AUSSI QUAND IL FAUT PAS...
WOUHOUUUHH!
GRATTE! GRATTE!

Ce mois-ci dans le numéro de Février du magazine MAXIMÂLE

SPÉCIAL LOVERS
Comment la faire craquer ?
Emmène-la à Venise !

TOUT SUR LE TUNiNG DE GONDOLE

EN CADEAU
Des décalcos en forme de flammes et de panthères à coller sur ta Dolgon !

Parce qu'on a beau être Romantiques,
on restera toujours des Mecs...

le bonheur

PARFOIS ÇA TIENT À DE PETITES CHOSES INSIGNIFIANTES DE LA VIE...

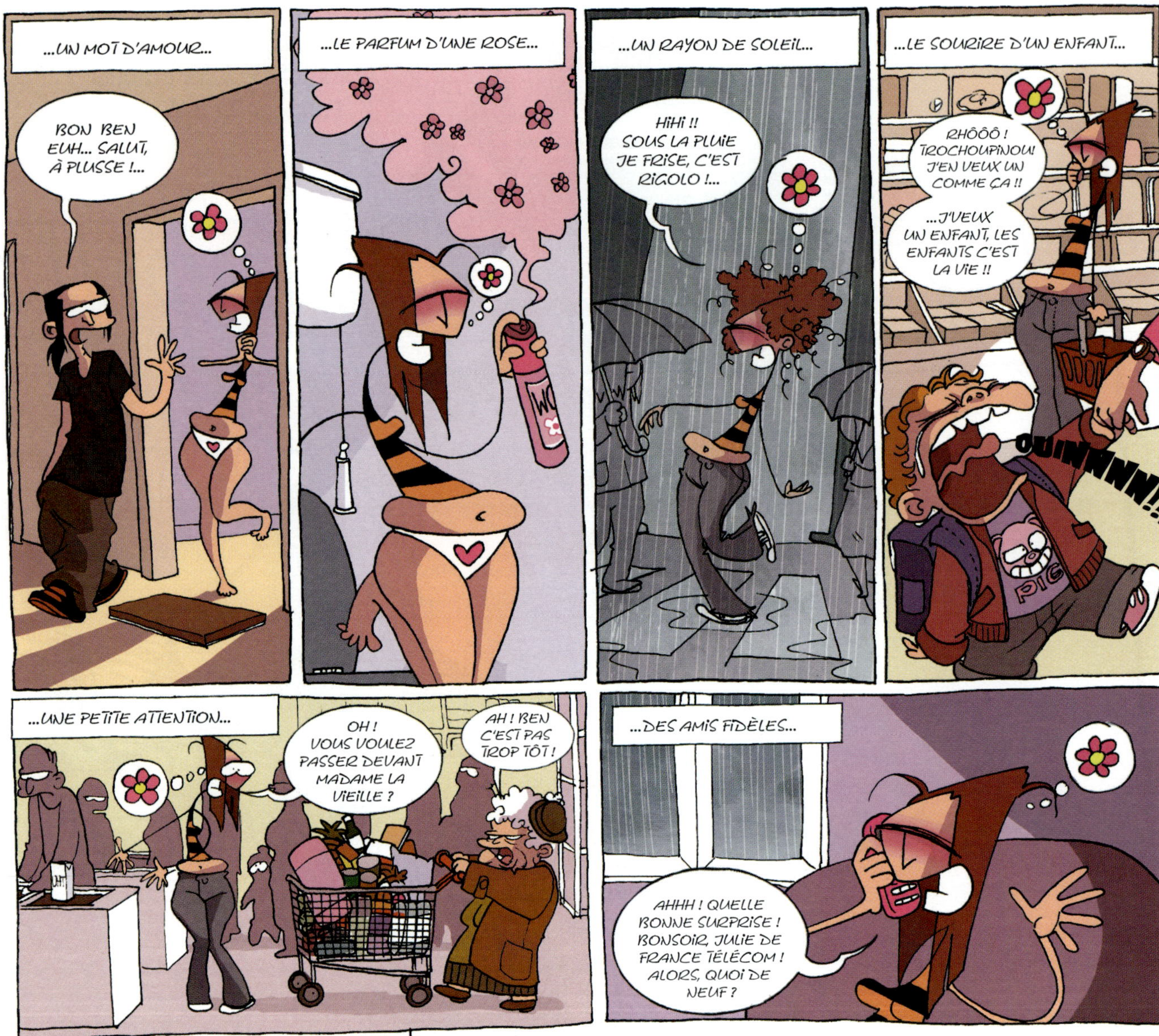

la déprime

AUSSI, ÇA TIENT À DE PETITES CHOSES INSIGNIFIANTES...

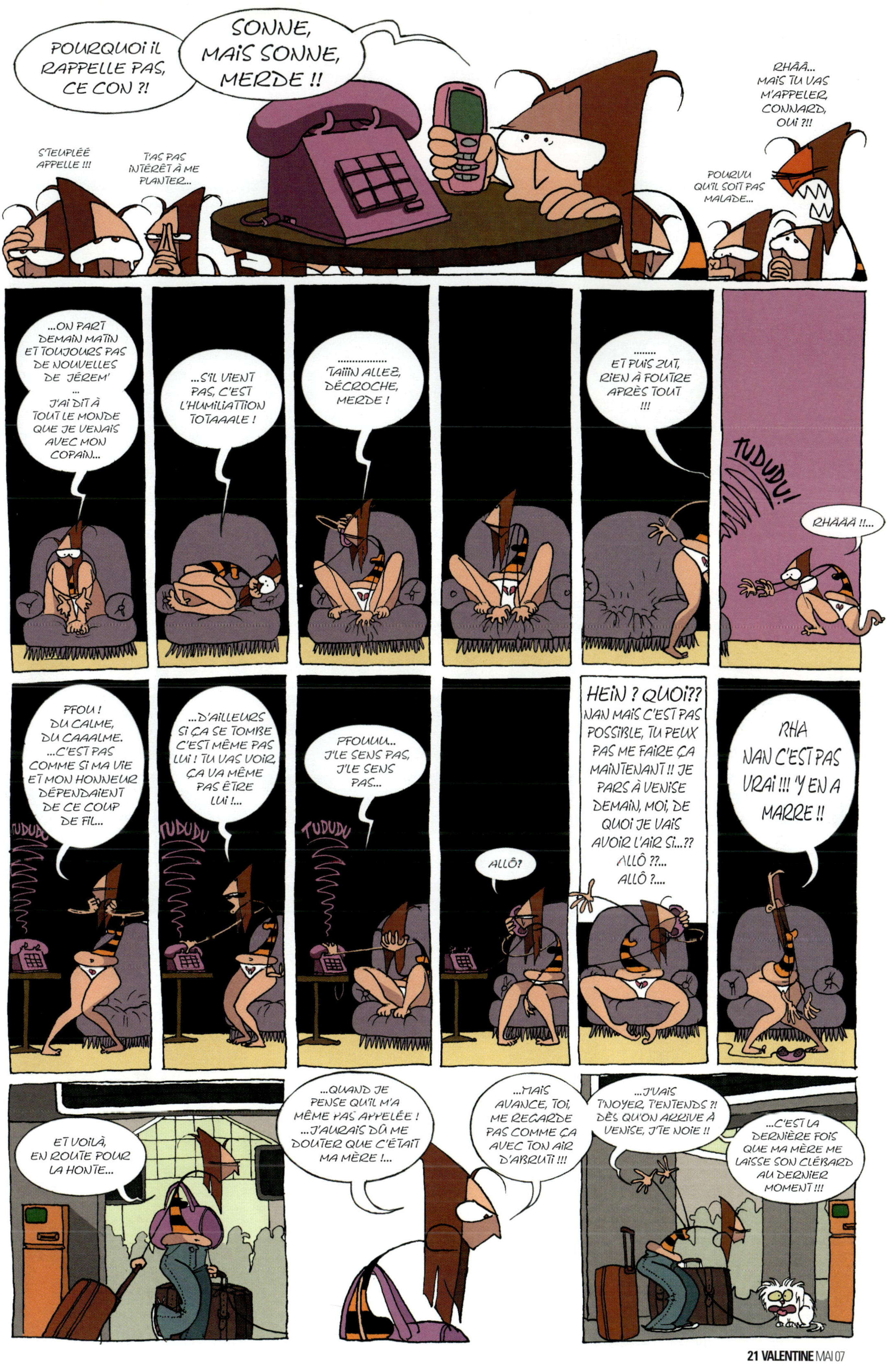
POURQUOI IL RAPPELLE PAS, CE CON ?!
SONNE, MAIS SONNE, MERDE !!
S'TEUPLÉÉ APPELLE !!!
T'AS PAS INTÉRÊT À ME PLANTER...
POURVU QU'IL SOIT PAS MALADE...
RHÂÂ... MAIS TU VAS M'APPELER, CONNARD, OUI ?!!
...ON PART DEMAIN MATIN ET TOUJOURS PAS DE NOUVELLES DE JÉREM' ...
J'AI DIT À TOUT LE MONDE QUE JE VENAIS AVEC MON COPAIN...
...S'IL VIENT PAS, C'EST L'HUMILIATTION TOTAAALE !
.... 'TAIIIN ALLEZ, DÉCROCHE, MERDE !
.... ET PUIS ZUT, RIEN À FOUTRE APRÈS TOUT !!!
TUDUDU !
RHÄÄÄ !!...
PFOU ! DU CALME, DU CAAALME. ...C'EST PAS COMME SI MA VIE ET MON HONNEUR DÉPENDAIENT DE CE COUP DE FIL...
TUDUDU
...D'AILLEURS SI ÇA SE TOMBE C'EST MÊME PAS LUI ! TU VAS VOIR, ÇA VA MÊME PAS ÊTRE LUI !...
TUDUDU
PFOUUU... J'LE SENS PAS, J'LE SENS PAS...
TUDUDU
ALLÔ?
HEIN ? QUOI?? NAN MAIS C'EST PAS POSSIBLE, TU PEUX PAS ME FAIRE ÇA MAINTENANT !! JE PARS À VENISE DEMAIN, MOI, DE QUOI JE VAIS AVOIR L'AIR SI...?? ALLÔ ??... ALLÔ ?....
RHA NAN C'EST PAS VRAI !!! 'Y EN A MARRE !!
ET VOILÀ, EN ROUTE POUR LA HONTE...
...QUAND JE PENSE QU'IL M'A MÊME PAS APPELÉE ! ...J'AURAIS DÛ ME DOUTER QUE C'ÉTAIT MA MÈRE !...
...MAIS AVANCE, TOI, ME REGARDE PAS COMME ÇA AVEC TON AIR D'ABRUTI !!!
...J'VAIS T'NOYER, T'ENTENDS ?! DÈS QU'ON ARRIVE À VENISE, J'TE NOIE !!
...C'EST LA DERNIÈRE FOIS QUE MA MÈRE ME LAISSE SON CLÉBARD AU DERNIER MOMENT !!!

Toi aussi, joue aux ...

ÉCHECS AMOUREUX

Combien de râteaux et d'histoires foireuses vas-tu te prendre avant de trouver le mec de ta vie ? Combien d'ex pourris vas-tu accumuler ? As-tu vraiment la poisse ?

1 à 4 joueuses (tu peux jouer seule, et t'amuser à calculer le nombre de déceptions sentimentales qui te séparent encore du mec de ta vie).

RÈGLE DU JEU

Vous démarrez d'une des cases "fille" à l'un des quatre coins de l'échiquier. Vous lancez le dé et vous avancez du nombre de points dans la direction que vous voulez, verticale, horizontale ou diagonale (vous pouvez changer de direction quand vous vous heurtez à un bord en avançant). Si vous tombez sur une case vide il ne se passe rien. Si vous tombez sur une case avec un logo, reportez-vous à la liste ci-dessous, et notez chaque râteau que vous prenez. Le jeu se termine lorsque vous tombez sur un **GAME OVER**.

Celle qui pécho Johnny Depp la première gagne le jeu.

Celle qui s'est pris le plus grand nombre de râteaux gagne notre compassion et celle des autres joueuses (attention, ça peut durer longtemps pour les plus poissardes d'entre vous).

L'AVIS DU PSY

Ce jeu est en réalité une thérapie élaborée avec le concours des hautes instances psychiatriques du magazine “Tupperware & psychologie”, afin de soigner certains cas aigus de fétichisme féminin : collectionneuse compulsive de gros nazes, de cas sociaux et de râteaux. En cas de persistance des symptômes, consultez votre horoscope.

Chouette, un poète maudit ! Quand il t'a déclaré avec son air exalté et son regard de chien fou “Tout ce que j'ai pu écrire, je l'ai puisé à l'encre de tes yeux !”, tu l'as trouvé mignon. Quand il a voulu te planter la plume de son stylo dans l'œil, beaucoup moins. **1 RÂTEAU**.

YOUPIIII ! Tu viens de tomber sur le prince charmant Johnny Depp ! Tu peux comptabiliser tes râteaux. **GAME OVER**.

Tu fais comme l'oiseau, tu vis d'amour et d'eau fraîche. Bon, OK, davantage d'eau fraîche que d'amour ces derniers mois : tu passes l'été seule comme un chien, mais au moins tu ne souffres pas de déshydratation. **PASSE TON TOUR**.

Oulala ! M.POKORA himself avec ses tatoos et une jante de Mercedes en pendentif ! Tu kiffes grave ta race de princesse ! Tu passes 5 mn de bonheur à le chauffer sur le dancefloor, mais il te préfère une bombe à forts implants nichonnaires. **1 RÂTEAU**.

Zigi, il ne s'appelle pas Zigi. Il s'appelle Julien. Et c'est bien là tout le problème. Non parce que s'il s'était appelé Zigi, au moins tu aurais su tout de suite à quoi t'en tenir, et tu n'aurais pas fantasmé inutilement sur lui pendant deux mois. **1 RÂTEAU**.

C'est LUI que tu veux, il est fait pour toi. Depuis des mois, tu as tout essayé pour attirer son attention. Ça n'est pas des perches que tu lui as tendues, mais des troncs de baobab. Rien à faire. De dépit, tu jures que ce sera lui ou personne d'autre.
Tu finis seule avec tes chats et sans enfants. **GAME OVAIRE**.

Après un quart d'heure de vie commune devant un capuccino, il te demande en mariage ! Bâti comme un dieu, il parle trois langues, sait bricoler, cuisiner, nettoyer, et tu es la femme de sa vie. Waouw ! Ce mec a tout ! Tout, sauf un titre de séjour et des papiers en règle. Tu pleures en regardant décoller le charter qui le reconduit auprès de ses 2 femmes et ses 8 enfants. **1 RÂTEAU**.

Youhou ! Tu as réussi à choper son numéro, vous allez pouvoir vous avouer votre inclinaison mutuelle ! Les mains moites tu lui envoies “Ze” texto-rencart qui va peut-être changer le cours de ta vie : “Ça te dit de venir manger à la maison ?” Il te répond deux semaines plus tard : “Ouais appelle-moi à l'occase”. **1 RÂTEAU**.

Ahhh ! Désespérée, tu t'inscris sur Meetic puis au “Club de rencontres des Joyeux Râteaux”. Au prochain tour, rends-toi à la case :
D1 : SI TU VEUX RENCONTRER FABIEN, ou **G6 : SI TU VEUX RENCONTRER FRANCIS**.

“Je vais changer, je vais changer !”, vous promettait-il à chaque écart de conduite pour apaiser vos hurlements. Il a tenu parole. Et il a changé. D'adresse, de numéro de portable et de copine. **1 RÂTEAU**.

“Nan, t'es moche et t'as des grands pieds” vous a-t-il répondu quand vous lui avez demandé s'il voulait être votre chéri. Bon d'accord, vous aviez cinq ans et demi. N'empêche, votre orgueil et sa joue gauche s'en souviennent encore. **1 RÂTEAU**.

Il était blond, il était beau, il sentait bon le sable chaud, il était pas légionnaire mais champion inter-camping de P.T.T. (pétanque-tout-terrain). Hélas, comme dit le proverbe provençal : “Loin des yeux, loin du slip”. **1 RÂTEAU**.

Fraîchement largué, il a un regard triste de moineau perdu. Emue, tu le prends sous ton aile, tu le réchauffes et tu lui soignes son petit cœur brisé. Hélas il a aussi une mémoire de moineau. À la première occasion, il retourne avec son ex. **1 RÂTEAU**.

YOUPIIII ! Tu viens de tomber sur le prince charmant George Clooney ! Oui, mais pas de bol, Cendrillon, George te plaque au bout de deux ans ! Tu redeviens une pauvre citrouille pourrie et tu participes à des jeux de télé-réalité dégradants. **3 RÂTEAUX**.

Vous voulez retrouver Cricri, votre premier amour que vous n'avez jamais vraiment pu oublier. Vous allez à “Y a que la vérité qui compte” avec votre plus belle paire de nichons, vous lui faites une déclaration passionnée. Vous vous prenez **1 RIDEAU**, euh pardon, **1 RÂTEAU**.

Deux ans que vous étudiez la bête sous toutes ses coutures : il est beau, sympa, stable, bien élevé, cultivé, fidèle et il est fou amoureux. Mais pas de vous. **1 RÂTEAU**.

RHÂÂ !!
NAAN !!
OH, ILLARIO ! T'ÉTAIS LÀ ?! JE T'AVAIS PAS VU !!
OUI EUH, SALUT, EN PRINCIPE C'EST JENNIFER QUI AURAIT DÛ VENIR TE CHERCHER À LA GARE MAIS ELLE A PAS PU VENIR ALORS ELLE M'A ENVOYÉ À SA PLACE TE CHERCHER À LA GARE ENFIN VOILÀ QUOI SALUT...
HUM !
HUM !
HUM !
...
BON, C'EST COOL DE SE REVOIR !! ENTRE NOUS, Y A PAS DE MALAISE, HEIN !
T'AS RAISON ! ALLEZ, ON SE FAIT LA BAISE !!!

IL ÉTAIT UNE FOIS UN PRINCE
SUPER BEAU,
SUPER FORT,
SUPER BIEN COIFFÉ,
SUPER BON COUP,
SUPER RICHE,
MAIS PAS SUPER GÉNÉREUX...
THUNLAND
...OR, UN JOUR, IL CHASSA DE SON PALAIS UNE VIEILLE MENDIANTE...
...SIOUPLÉ! PAMANGÉ TROIJOURS !... MOITROISENFANTS NOURRIR ! ...TOI PAS TICKET-RESTO ???...
CASSE-TOI, LA VIOQUE !
EH ! JE SUIS PAS UNE VIOQUE, JE SUIS UNE FÉE, P'TIT CON !!
ET MERDE.
...EN PUNITION, TU PASSERAS LE RESTE DE TA VIE SOUS L'APPARENCE D'UNE BÊTE IMMONDE !!
...ÇA T'APPRENDRA À NE PAS TE FIER AUX APPARENCES, LA BÊTE !... HA ! HA! HA ! HA !
...SON SEUL ESPOIR...
WOUWW...
...CELLE QUI SAURAIT L'AIMER PAR-DELÀ LES APPARENCES...
...ET VOIR SON ÂME À TRAVERS SON REGARD SI INTENSE ET PÉNÉTRANT...
...DÉSOLÉE, LE RÈGLEMENT EST FORMEL : L'HÔTEL N'ACCEPTE PAS LES CHIENS !
...MAIS PUISQUE JE VOUS DIS QUE C'EST PAS UN CHIEN !!! IL EST JUSTE VICTIME D'UN MAUVAIS SORT !!
... HAAN... C'EST LUI LE FAMEUX JÉREM', ALORS ?...

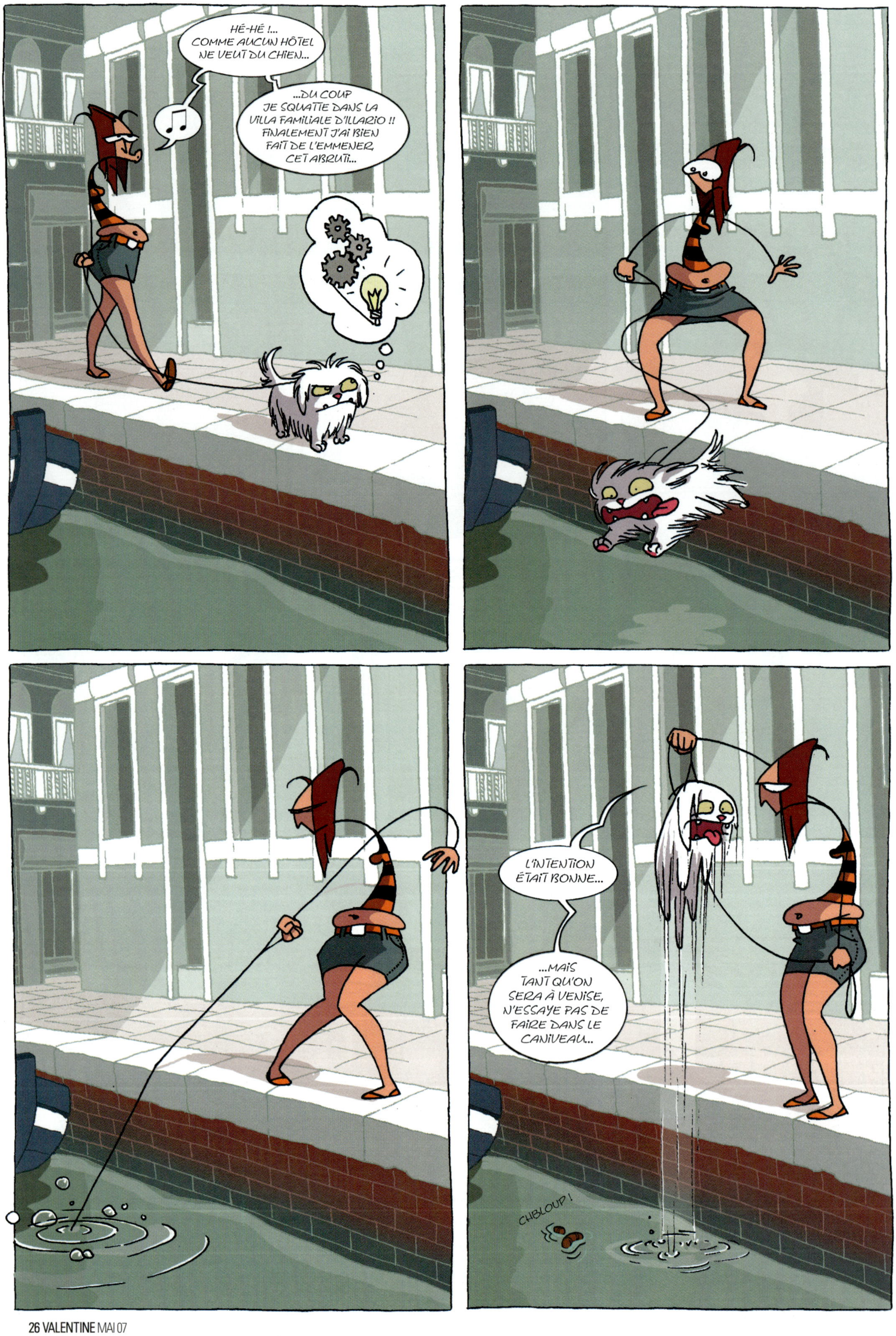
HÉ-HÉ !... COMME AUCUN HÔTEL NE VEUT DU CHIEN...
...DU COUP JE SQUATTE DANS LA VILLA FAMILIALE D'ILLARIO !! FINALEMENT J'AI BIEN FAIT DE L'EMMENER, CET ABRUTI...
L'INTENTION ÉTAIT BONNE...
...MAIS TANT QU'ON SERA À VENISE, N'ESSAYE PAS DE FAIRE DANS LE CANIVEAU...
CHBLOUP !

CHAQUE JOUR, DES MILLIONS DE CACAS

SONT LÂCHEMENT ABANDONNÉS PAR LEURS PROPRIÉTAIRES DANS LES RUES, AU BORD DES ROUTES OU À MÊME LE CANIVEAU.

LA PLUPART D'ENTRE EUX FINIRONT HORRIBLEMENT ÉCRASÉS DANS L'INDIFFÉRENCE GÉNÉRALE.

L'Association contre la Maltraitance des Cacas Urbains lutte depuis 25 ans contre ces pratiques dégradantes, mais elle a plus que jamais besoin de votre aide !...

...VOUS AUSSI, RÉAGISSEZ !

☐ NON, je suis un sale bâtard insensible à la souffrance de ce monde, et je vais tourner cette page de pub sans rien faire pour vous.

☐ EUH, je n'ai pas de sous à vous donner, mais le regard triste du caca sur votre affiche m'a tellement émue que je vous promets de recueillir le premier caca que je croiserai dans la rue, de le loger dans un petit sacacaca et de le réchauffer avec amour contre mon sein.

☐ OUI, je désire faire un don d'un montant de..........................€, et je consens à voir mon adresse divulguée à d'autres organismes, afin de recevoir chaque semaine dans ma boîte aux lettres une vingtaine de tracts tous plus glauques les uns que les autres sur les misères de ce monde, qui vont me plomber le moral dès le matin et me faire culpabiliser de ne pas pouvoir donner de sous à tout le monde.

☐ FINALEMENT, je choisis de me suicider tout de suite, afin de faire faire des économies à la Sécu sur le remboursement des anti-dépresseurs, et de pouvoir vous léguer au plus vite les 58,23 € déposés sur mon Livret A, ainsi que les dents en or de mon grand-père.

Nom.. Prénom.. Adresse..
Code Postal............................. Ville... N° de CB...Morgue...

A retourner à : L'Association contre la Maltraitance des Cacas Urbains, BP 75201 Paris Cedex 20

L'AVIS DU PSYCACATRE

Ah oui absolument, c'est scandaleux ! Les responsables de ces actes cherchent manifestement à punir leur mère en abandonnant ainsi le fruit de leurs entrailles à même le trottoir. Réagissez, et surtout n'oubliez pas que vos dons à cette association seront déductibles de vos impôts : c'est beaucoup plus intéressant fiscalement que de filer des sous à un SDF dans la rue. Ou alors demandez un reçu signé au SDF et faites-le parvenir au Trésor Public.

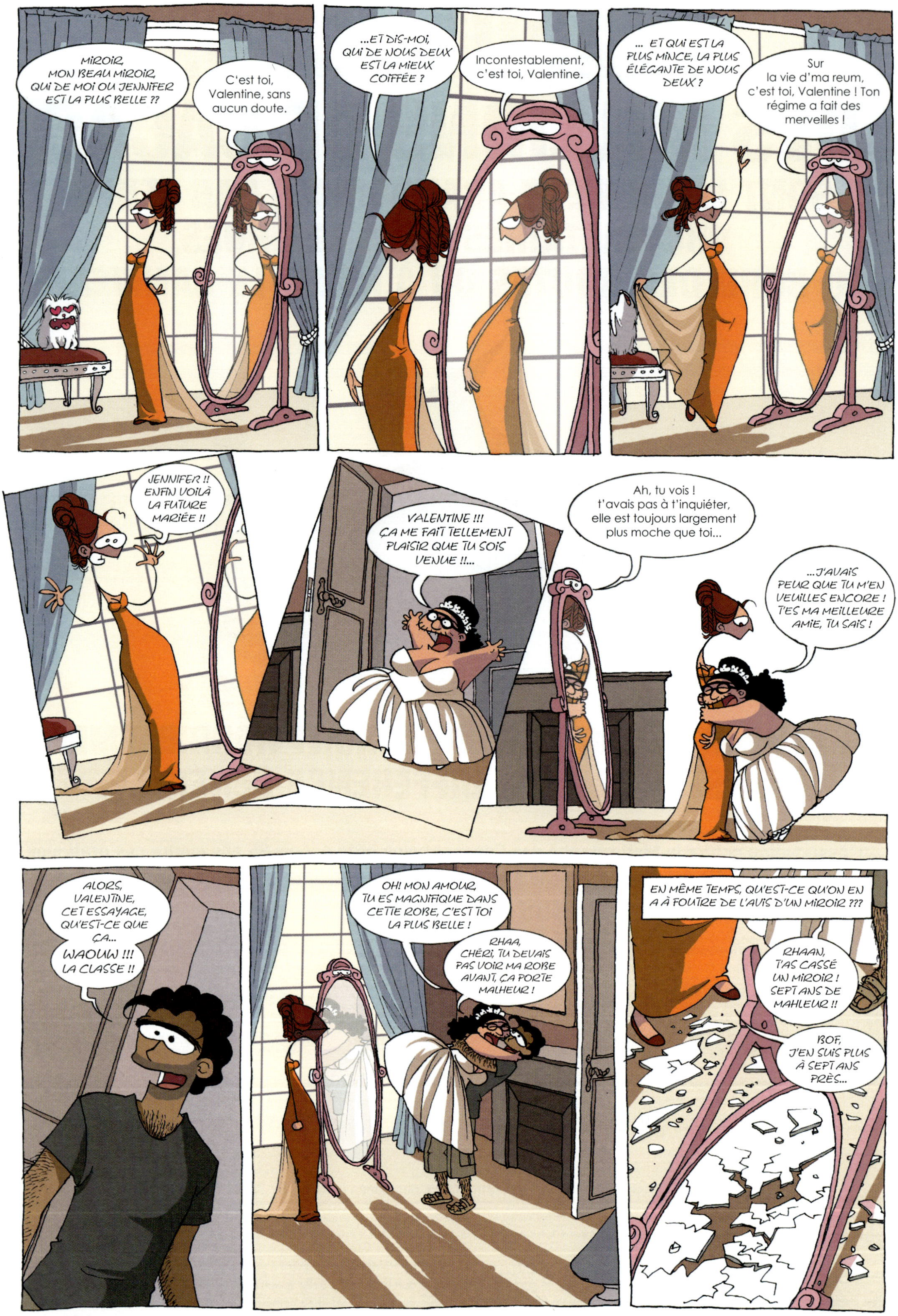
MIROIR, MON BEAU MIROIR, QUI DE MOI OU JENNIFER EST LA PLUS BELLE ??
C'est toi, Valentine, sans aucun doute.
...ET DIS-MOI, QUI DE NOUS DEUX EST LA MIEUX COIFFÉE ?
Incontestablement, c'est toi, Valentine.
... ET QUI EST LA PLUS MINCE, LA PLUS ÉLÉGANTE DE NOUS DEUX ?
Sur la vie d'ma reum, c'est toi, Valentine ! Ton régime a fait des merveilles !
JENNIFER !! ENFIN VOILÀ LA FUTURE MARIÉE !!
VALENTINE !!! ÇA ME FAIT TELLEMENT PLAISIR QUE TU SOIS VENUE !!...
Ah, tu vois ! t'avais pas à t'inquiéter, elle est toujours largement plus moche que toi...
...J'AVAIS PEUR QUE TU M'EN VEUILLES ENCORE ! T'ES MA MEILLEURE AMIE, TU SAIS !
ALORS, VALENTINE, CET ESSAYAGE, QU'EST-CE QUE ÇA...
WAOUW !!! LA CLASSE !!
OH! MON AMOUR, TU ES MAGNIFIQUE DANS CETTE ROBE, C'EST TOI LA PLUS BELLE !
RHAA, CHÉRI, TU DEVAIS PAS VOIR MA ROBE AVANT, ÇA PORTE MALHEUR !
EN MÊME TEMPS, QU'EST-CE QU'ON EN A À FOUTRE DE L'AVIS D'UN MIROIR ???
RHAAN, T'AS CASSÉ UN MIROIR ! SEPT ANS DE MAHLEUR !!
BOF, J'EN SUIS PLUS À SEPT ANS PRÈS...

Les cadeaux Romantiques

C'est bien connu : "**Le glamour rend aveugle...**" Nous allons donc pouvoir vous inciter à acheter n'importe quel truc ridicule à des prix exorbitants pour célébrer l'Amour, la Saint-Valentin ou votre anniversaire de mariage. Ou votre anniversaire de dépucelage si vous êtes encore célibataire. Ou le 100e épisode de la série *Une femme d'honneur* si vous êtes encore vierge (ou si vous êtes Corrine Touzet).

PARFUM *Wc Roses Fidji*

Ringard, le bouquet de roses rouges, et si vite fanées... Bien plus original, le dernier-né de la marque star Ivanchie !
LE JUS : un mélange délicat de rose des Îles Fidji (0,0001%) et de chlorure de sodium, de propylène glycose, et d'une touche d'acide citrique. Dans un tourbillon de senteurs délicatement exotiques, votre bien-aimée se sentira immédiatement transportée au cœur des Îles Fidji (plus exactement dans les WC de l'aéroport des Îles Fidji). Le prix du voyage en moins.

BIJOU *Kawaï*

Dernière tendance, après la broche-fleur, offrez-lui la broche-chihuahua ; très en vogue chez les stars, elle ornera admirablement son col de veste tout en lui laissant les mains libres pour faire des trucs de femme (du shopping, la vaisselle, du karaoké des autographes...)
A partir de 1500 € chez S.P.A.Donné.

BOTTES

Besoin de tendresse ? Trop mignon ! Ces bottes fourrées avec des pompons en véritables coucougnettes de bisounours, qui feront le bonheur de votre chat quand vous marcherez avec à la maison ! Bien plus élégantes que vos abominables chaussons-lapin, la fourrure de bisounours sera le must de l'hiver !
950 € chez "Safariche".

TRUC DE CUL *Sex-Toy multifonction*

Pratique ! Chez Sonia Makerel, le glamour même pas vulgaire est toujours d'actualité : pour s'amuser en solo ou à deux, cet adorable joujou en forme de canard qui fait en même temps vibromasseur, webcam, stérilet, test de gossesse (il vire au bleu si vous êtes en phase de nidation), bouchon de baignoire et bijou de portable, il vibre, s'allume et passe l'aspirateur pour la modique somme de 899 €.

VOYAGE

Faites découvrir à votre bien-aimée le plus romantique des endroits, idéalement situé à moins d'une heure de Paris : la Plaine-St-Denis, son Shoppi, et bien sûr le légendaire plateau-télé TF1 de Y A QUE L'AUDIENCE-TÉLÉ QUI COMPTE. Bercé par la douce mélodie du générique de l'émission, sous la lumière tamisée des projecteurs 3500W, demandez-la en mariage en toute intimité devant Bataille et Fontaine !

L'AVIS DU PSY
Dans toute société, les cadeaux sont nécessaires, car ils sont un témoignage d'amour. Les trois piliers d'un couple uni sont : la communication, le respect et la lingerie fine. Alors je trouve que cette page manque un peu de porte-jarretelles en dentelle noire "Chantal Pouffiasse", ou de jolis soutifs avec des bonénés dedans.

HA-HA ! JE SORS MON ARME SECRÈTE !
..."PALMOLIVE FÊTE DES FLEURS" DANS TA TRONCHE, FACE DE GRAISSE !!
PAR LE POUVOIR DU...
...PLUMEAU ANCESTRAL !...
...VADE RETRO SATANÉCRASSE !!!
...QUANT À TOI, SALE POUBELLE DE HUIT JOURS, DIS-TOI BIEN UNE CHOSE..
YIHAA !
...JE DÉLIVRERAI MA PRINCESSE DE CES INFÂMES TÂCHES MÉNAGÈRES !!
PRÉPARE-TOI À SUBIR LE SOUFFLE DU DRAGON, MAUDIT TAPIS !
...ET BUUUT !! EN PLEIN DANS LA MACHINE LE LINGE SALE !! YESSS !
ALORS, CE JEU ÉDUCATIF, "DOMESTIC WARRIOR" ÇA MARCHE ??
BOF... C'EST GENTIL DE TA PART DE LUI AVOIR OFFERT, MAIS...
...J'ESPÈRE JUSTE QU'IL PASSERA L'ÉPREUVE "SE RÉVEILLER À L'HEURE POUR LA CÉRÉMONIE DEMAIN MATIN"...

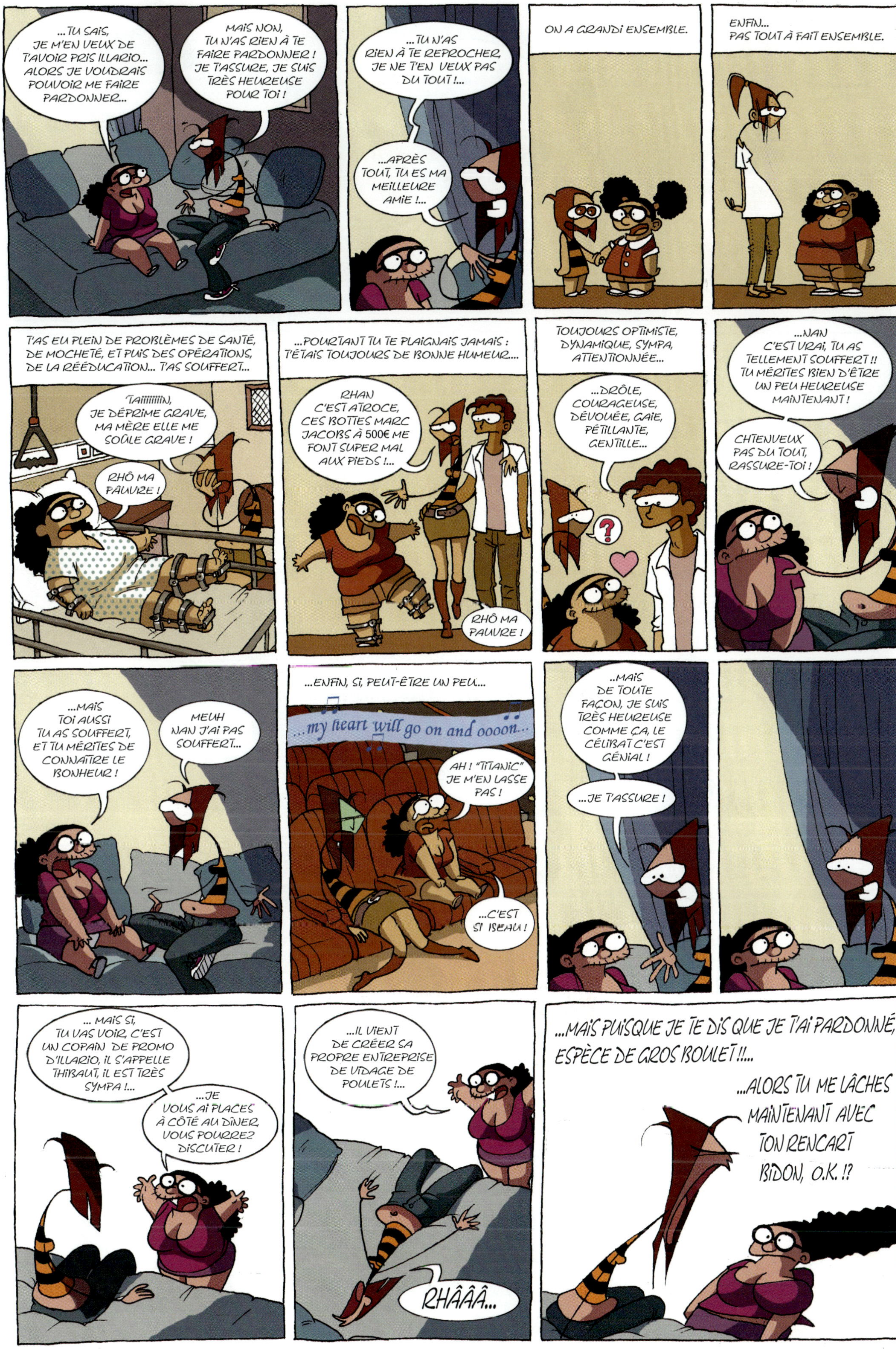
...TU SAIS, JE M'EN VEUX DE T'AVOIR PRIS ILLARIO... ALORS JE VOUDRAIS POUVOIR ME FAIRE PARDONNER...
MAIS NON, TU N'AS RIEN À TE FAIRE PARDONNER ! JE T'ASSURE, JE SUIS TRÈS HEUREUSE POUR TOI !
...TU N'AS RIEN À TE REPROCHER, JE NE T'EN VEUX PAS DU TOUT !...
...APRÈS TOUT, TU ES MA MEILLEURE AMIE !...
ON A GRANDI ENSEMBLE.
ENFIN... PAS TOUT À FAIT ENSEMBLE.
T'AS EU PLEIN DE PROBLÈMES DE SANTÉ, DE MOCHETÉ, ET PUIS DES OPÉRATIONS, DE LA RÉÉDUCATION... T'AS SOUFFERT...
TAIIIIIIIN, JE DÉPRIME GRAVE, MA MÈRE ELLE ME SOÛLE GRAVE !
RHÔ MA PAUVRE !
...POURTANT TU TE PLAIGNAIS JAMAIS : T'ÉTAIS TOUJOURS DE BONNE HUMEUR...
RHAN C'EST ATROCE, CES BOTTES MARC JACOBS À 500€ ME FONT SUPER MAL AUX PIEDS !...
RHÔ MA PAUVRE !
TOUJOURS OPTIMISTE, DYNAMIQUE, SYMPA, ATTENTIONNÉE...
...DRÔLE, COURAGEUSE, DÉVOUÉE, GAIE, PÉTILLANTE, GENTILLE...
?
...NAN C'EST VRAI, TU AS TELLEMENT SOUFFERT !! TU MÉRITES BIEN D'ÊTRE UN PEU HEUREUSE MAINTENANT !
CHTIENVEUX PAS DU TOUT, RASSURE-TOI !
...MAIS TOI AUSSI TU AS SOUFFERT, ET TU MÉRITES DE CONNAÎTRE LE BONHEUR !
MEUH NAN J'AI PAS SOUFFERT...
...ENFIN, SI, PEUT-ÊTRE UN PEU...
...my heart will go on and oooon...
AH ! "TITANIC" JE M'EN LASSE PAS !
...C'EST SI BEAU !
...MAIS DE TOUTE FAÇON, JE SUIS TRÈS HEUREUSE COMME ÇA, LE CÉLIBAT C'EST GÉNIAL !
...JE T'ASSURE !
... MAIS SI, TU VAS VOIR, C'EST UN COPAIN DE PROMO D'ILLARIO, IL S'APPELLE THIBAUT, IL EST TRÈS SYMPA !...
...JE VOUS AI PLACÉS À CÔTÉ AU DÎNER, VOUS POURREZ DISCUTER !
...IL VIENT DE CRÉER SA PROPRE ENTREPRISE DE VIDAGE DE POULETS !...
RHÂÂÂ...
...MAIS PUISQUE JE TE DIS QUE JE T'AI PARDONNÉ, ESPÈCE DE GROS BOULET !!...
...ALORS TU ME LÂCHES MAINTENANT AVEC TON RENCART BIDON, O.K. !?

ALLEZ, ALLEZ !!! LE GRAND JOUR EST ARRIVÉ, VA LUI PARLER !!! ...
MAIS EUH !
...IL EST TOUT SEUL AUSSI, ET IL EST UN PEU TIMIDE !
THIBAUT, JE TE PRÉSENTE VALENTINE !...
...ON VOUS A PLACÉS À CÔTÉ AU DÎNER DE CE SOIR !... ALLEZ, JE VOUS LAISSE, DISCUTER HEIN !
HUM..
HUM...
BON...
BON... JE... ...JE VAIS ME CHERCHER DU CHAMPAGNE !
SURPRIIISE ! HOULÀLÀ VALENTINE ÇA FAIT AU MOINS DIX ANS QU'ON S'EST PAS VUES, COMMENT ÇA VA ?!
SOLANGE ?! T'ES INVITÉE AUSSI ?
TU SAIS, JE T'ADMIRE, VALENTINE !...
AH ?
...MOI, J'AURAIS PAS SUPPORTÉ QUE MON MEC ME QUITTE POUR UNE FILLE AUSSI MOCHE !...
HUM... J'TE LAISSE, JE VAIS ME CHERCHER DU CHAMPAGNE ...
OHHH ! MARIE-NOLWEN, DIDON QUELLE SURPRISE !
TIENS, MAIS C'EST GÉLATINE MONDU ! ...JE ME RAPPELLE, AU LYCÉE À LA RÉCRÉ, ON CACHAIT NOS TAMPONS USAGÉS DANS TA TROUSSE !...
...T'AVAIS FAIT UNE GROSSE DÉPRESSION ET T'AVAIS RATÉ TON BAC !!
GN... J'TE LAISSE, JE VAIS ME CHERCHER DU CHAMPAGNE.
BAH ? T'AS DÉJÀ UN VERRE PLEIN !
MAINTENANT IL EST VIDE.
GNAAAN, C'EST PAS VRAI ! ELLE A INVITÉ TOUTES LES ANCIENNES DU LYCÉE CLAIRE CHAZAL !!!
... JE SORS PLUS DES CHIOTTES !
AU MOINS ICI JE RISQUE PAS DE CROISER D'AUTRES INVITÉS-SURPRISE...
SURPRIIISE !
...HOULÀLÀ DIDONDIDON ÇA FAIT AU MOINS UN MOIS QU'ON S'EST PAS VUS !

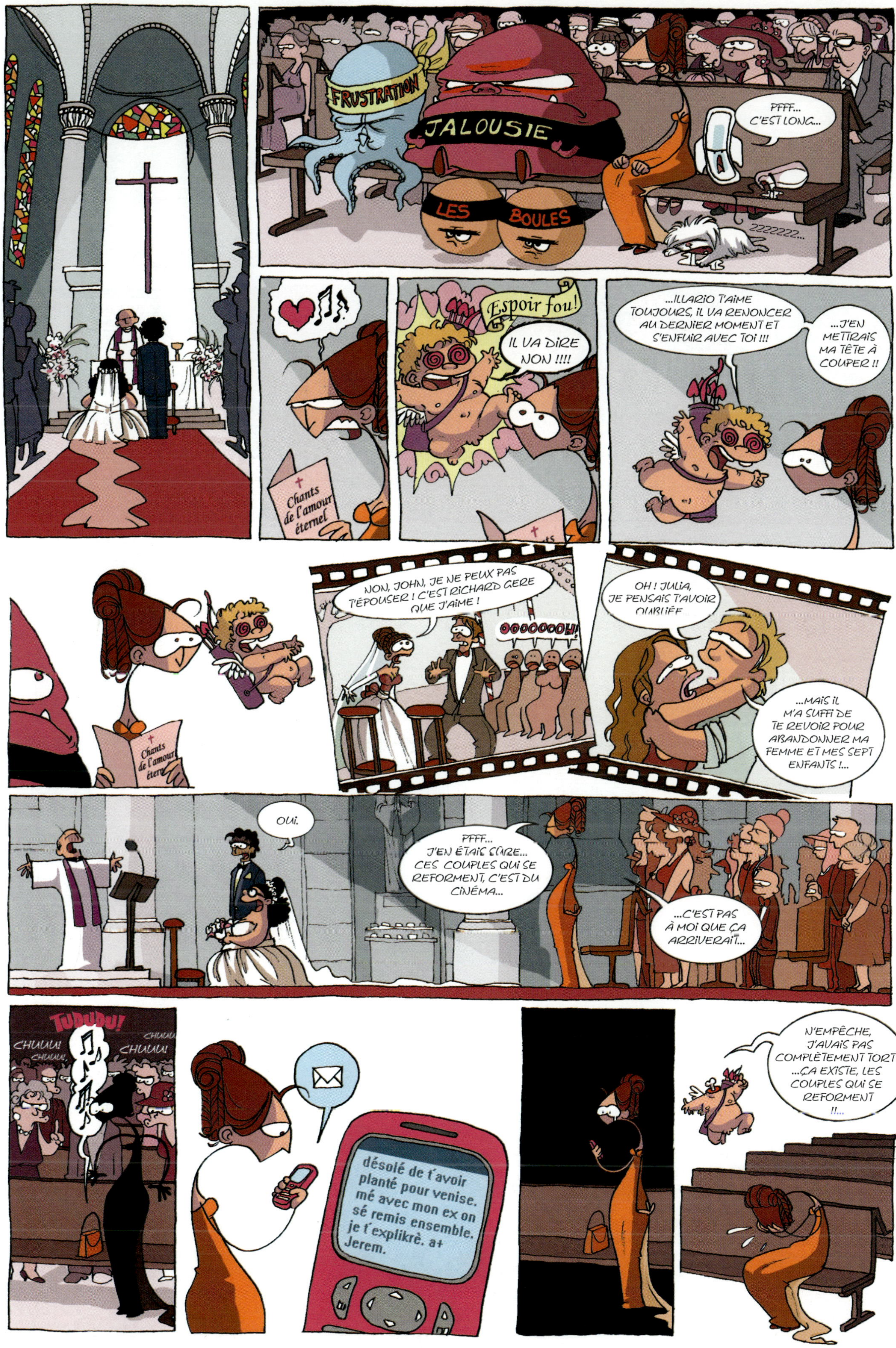
FRUSTRATION
JALOUSIE
LES BOULES
PFFF... C'EST LONG...
ZZZZZZZ...
Espoir fou!
IL VA DIRE NON !!!!
Chants de l'amour éternel
...ILLARIO T'AIME TOUJOURS, IL VA RENONCER AU DERNIER MOMENT ET S'ENFUIR AVEC TOI !!!
...J'EN METTRAIS MA TÊTE À COUPER !!
NON, JOHN, JE NE PEUX PAS T'ÉPOUSER ! C'EST RICHARD GERE QUE J'AIME !
OOOOOOOH!
OH ! JULIA, JE PENSAIS T'AVOIR OUBLIÉE...
...MAIS IL M'A SUFFI DE TE REVOIR POUR ABANDONNER MA FEMME ET MES SEPT ENFANTS !...
OUI.
PFFF... J'EN ÉTAIS SÛRE... CES COUPLES QUI SE REFORMENT, C'EST DU CINÉMA...
...C'EST PAS À MOI QUE ÇA ARRIVERAIT...
TUDUDU!
CHUUU! CHUUU! CHUUU!
désolé de t'avoir planté pour venise. mé avec mon ex on sé remis ensemble. je t'explikrè. a+ Jerem.
N'EMPÊCHE, J'AVAIS PAS COMPLÈTEMENT TORT ! ...ÇA EXISTE, LES COUPLES QUI SE REFORMENT !!...

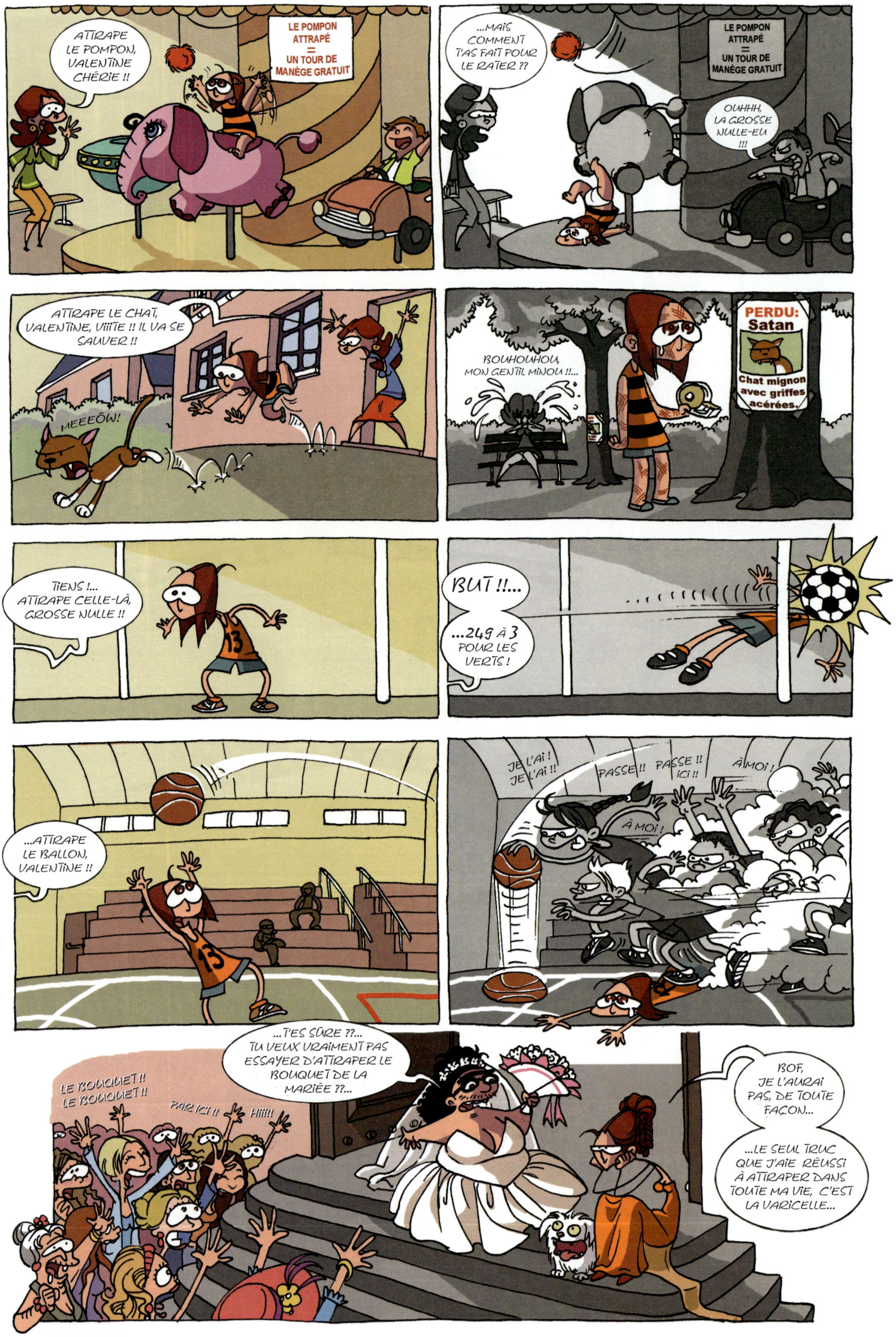
ATTRAPE LE POMPON, VALENTINE CHÉRIE !!
LE POMPON ATTRAPÉ = UN TOUR DE MANÈGE GRATUIT
...MAIS COMMENT T'AS FAIT POUR LE RATER ??
LE POMPON ATTRAPÉ = UN TOUR DE MANÈGE GRATUIT
OUHHH, LA GROSSE NULLE-EU !!!
ATTRAPE LE CHAT, VALENTINE, VIIITE !! IL VA SE SAUVER !!
MEEEÔW!
BOUHOUHOU, MON GENTIL MINOU !!...
PERDU: Satan
Chat mignon avec griffes acérées.
TIENS !... ATTRAPE CELLE-LÀ, GROSSE NULLE !!
BUT !!...
...249 À 3 POUR LES VERTS !
...ATTRAPE LE BALLON, VALENTINE !!
JE L'AI ! JE L'AI !!
PASSE !!
PASSE !! ICI !!
À MOI !
À MOI !
...T'ES SÛRE ??... TU VEUX VRAIMENT PAS ESSAYER D'ATTRAPER LE BOUQUET DE LA MARIÉE ??...
LE BOUQUET !! LE BOUQUET !!
PAR ICI !!
HIIIII!
BOF, JE L'AURAI PAS, DE TOUTE FAÇON...
...LE SEUL TRUC QUE J'AIE RÉUSSI À ATTRAPER DANS TOUTE MA VIE, C'EST LA VARICELLE...

Hiiii !! PAR ICI !!
À MOI !! À MOI !!
ICI !!
JE L'AI !!
Hiiiiiiiiiiiiiiii !!!!
C'EST MOI QUI L'AI !!!
RENDS-LE-MOI !!
'LÉOÙ ?? 'LÉOÙ ??
LÂCHE ÇA, PÉTASSE !!
AÏE !! MON PIED, MORUE !
EUH... NANMAIS CALMEZ-VOUS, LES FILLES, C'EST JUSTE UN JEU...
KICÉKIL'A ??
JE VOIS PLUS RIEN !
EH !! OÙ EST MON BRAS ?!!
BÉDIDON, QUELLES FURIES !! JE L'AI ÉCHAPPÉ BELLE !
WHOUH !! WHOUH !!
WHOH !! WHOUH !!
WHOH !!
ALLONS, CALMEZ-VOUS !!
...AH BEN J'Y PEUX RIEN, UN CHIEN, QUAND ON LANCE UN TRUC, ÇA RAPPORTE, HEIN !!...

HA! HA! HA! HA!
AHA !?
HA! HA! HA! HA!
HA! HA!
...EH BEN MOI, J'ARRIVE À FAIRE LE TOUR DE MA TÊTE AVEC LE BRAS ET À ME GRATTER LE NEZ !
AHA !...
...ET AVEC LA JAMBE AUSSI !...
HA...
HUM. ENFIN BREF...
...ET DONC ?...
HMM ?... ...OUI ?... ...QUOI ??...
...BEN ALORS ?... VOUS N'AVEZ PAS RÉPONDU !...
...ET VOUS, VOUS FAITES QUOI DANS LA VIE, VALENTINE ?
HA! HA! HA! HA!
...PIPI !
...'FAUT 'JAILLE FAIRE PIPI !
?

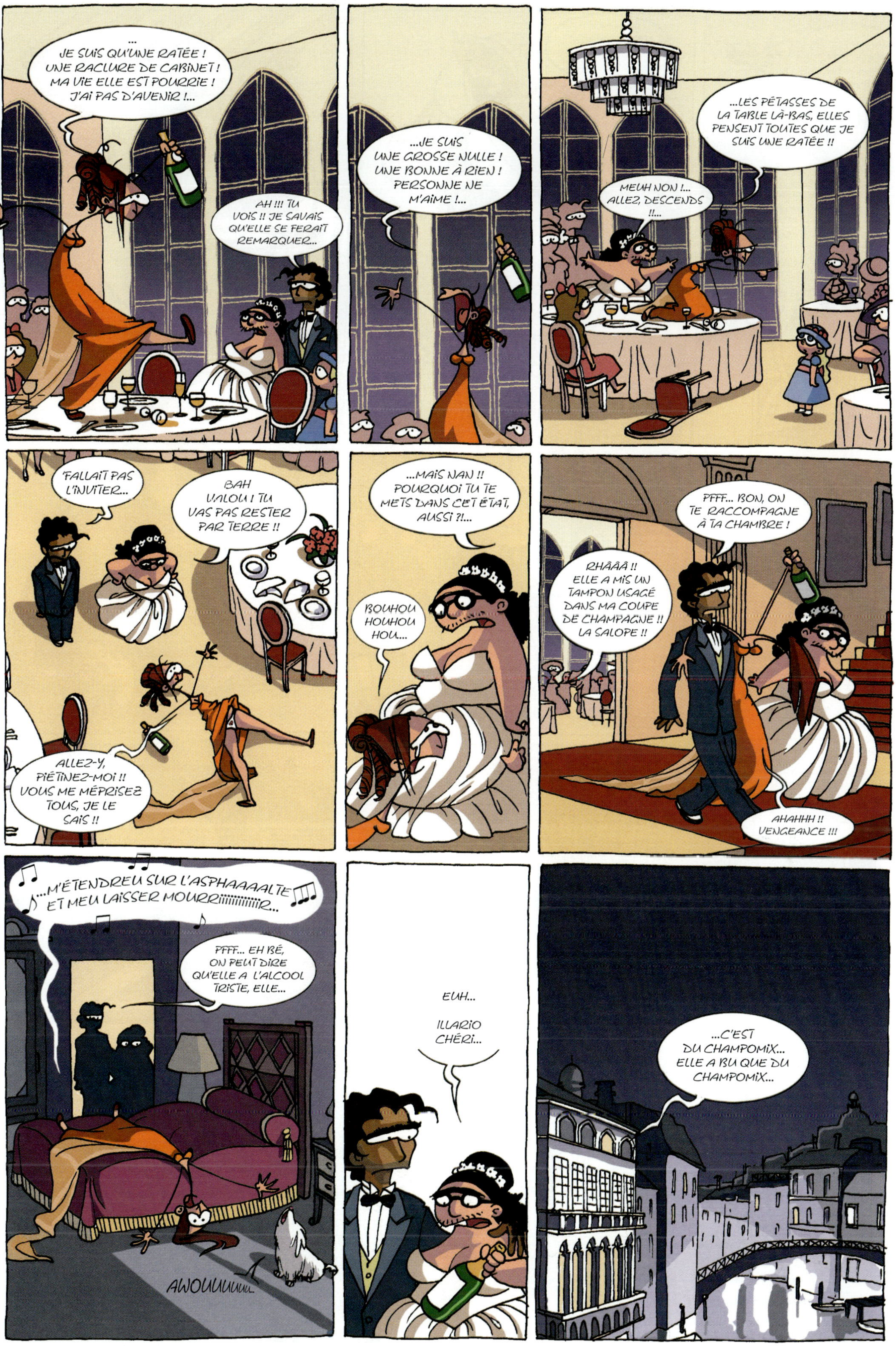
... JE SUIS QU'UNE RATÉE ! UNE RACLURE DE CABINET ! MA VIE ELLE EST POURRIE ! J'AI PAS D'AVENIR !...
AH !!! TU VOIS !! JE SAVAIS QU'ELLE SE FERAIT REMARQUER...
...JE SUIS UNE GROSSE NULLE ! UNE BONNE À RIEN ! PERSONNE NE M'AIME !...
...LES PÉTASSES DE LA TABLE LÀ-BAS, ELLES PENSENT TOUTES QUE JE SUIS UNE RATÉE !!
MEUH NON !... ALLEZ, DESCENDS !!...
FALLAIT PAS L'INVITER...
BAH VALOU ! TU VAS PAS RESTER PAR TERRE !!
ALLEZ-Y, PIÉTINEZ-MOI !! VOUS ME MÉPRISEZ TOUS, JE LE SAIS !!
...MAIS NAN !! POURQUOI TU TE METS DANS CET ÉTAT, AUSSI ?!...
BOUHOU HOUHOU HOU...
PFFF... BON, ON TE RACCOMPAGNE À TA CHAMBRE !
RHÂÂÂ !! ELLE A MIS UN TAMPON USAGÉ DANS MA COUPE DE CHAMPAGNE !! LA SALOPE !!
AHAHHH !! VENGEANCE !!!
...M'ÉTENDREU SUR L'ASPHAAAALTE ET MEU LAISSER MOURRiiiiiiiiiiR...
PFFF... EH BÉ, ON PEUT DIRE QU'ELLE A L'ALCOOL TRISTE, ELLE...
AWOUUUUUU...
EUH...
ILLARIO CHÉRI...
...C'EST DU CHAMPOMIX... ELLE A BU QUE DU CHAMPOMIX...

AHHHH ! CETTE ATROCE JOURNÉE DE MARIAGE EST ENFIN TERMINÉE !!!
...ALLEZ, ON FAIT PÉTER LA MINI-JUPE !! JE VAIS AU MOINS FINIR LE SÉJOUR EN BEAUTÉ !...
...À MOI LES ITALIENS !! J'VAIS PÉCHO DU BEAU MACHO !
1,50€
Amour à Venise
BON, ILS SONT OÙ LES ITALIENS, LÀ ??
...J'EN AI MARRE DE VOIR QUE DES COUPLES DE TOURISTES !!
DESTINÉÉÉÉÉS ON ÉTAIT TOUS LES DEUX DESTINÉÉÉÉÉÉÉÉÉS....
O.K., OVERDOSE DE COUPLES ROMANTIQUES, JE RENTRE À L'HÔTEL...
TANT PIS...
...ce soir, au sommaire de "Ca se discuto" : Silvana est autiste, obèse, unijambiste, et souffre de T.O.C. et de bégaiement. Elle nous racontera comment elle a trouvé l'amour avec Eros, professeur de gym, avec qui elle vit depuis cinq ans...

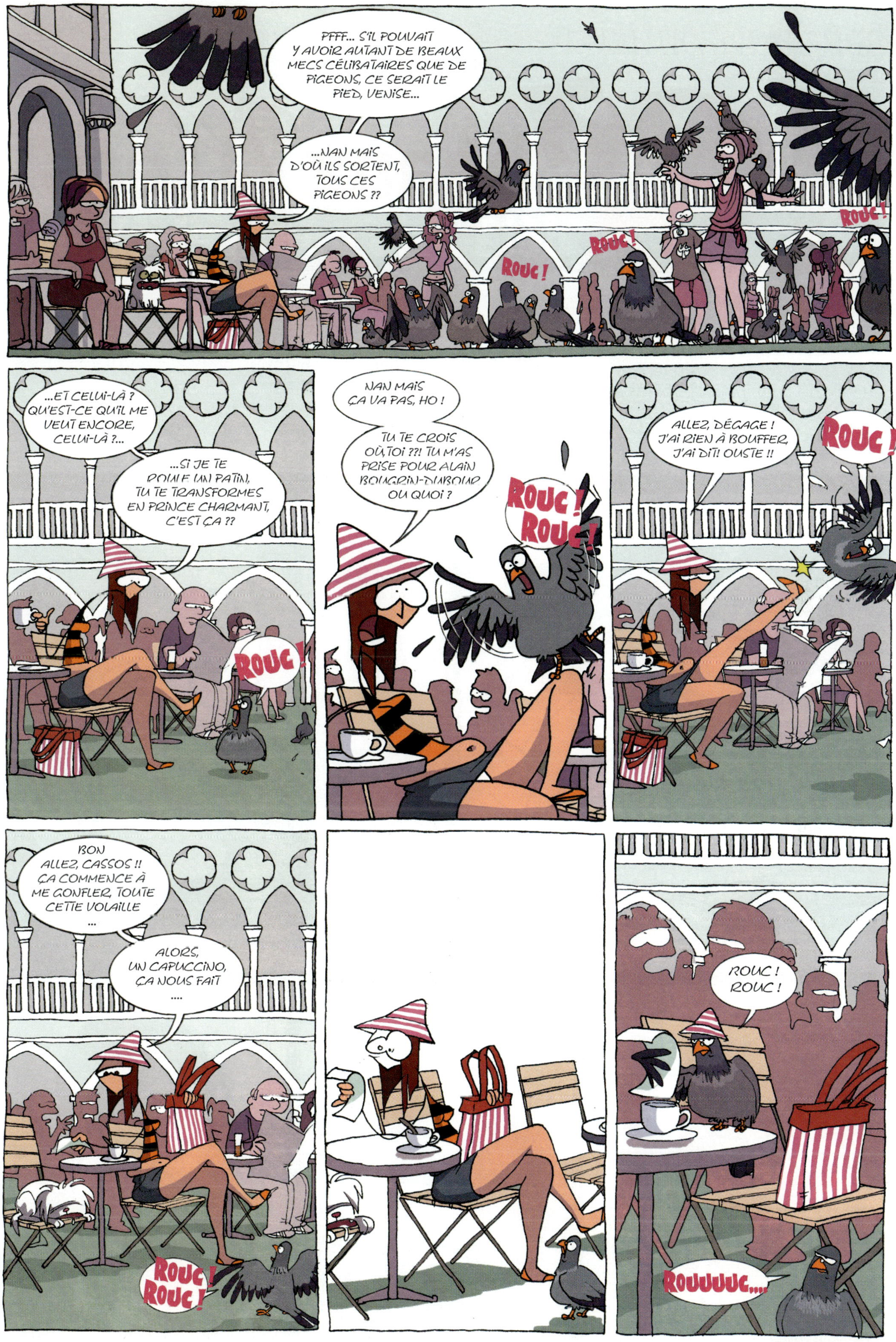
PFFF... S'IL POUVAIT Y AVOIR AUTANT DE BEAUX MECS CÉLIBATAIRES QUE DE PIGEONS, CE SERAIT LE PIED, VENISE...
...NAN MAIS D'OÙ ILS SORTENT, TOUS CES PIGEONS ??
ROUC !
ROUC !
ROUC !
...ET CELUI-LÀ ? QU'EST-CE QU'IL ME VEUT ENCORE, CELUI-LÀ ?...
...SI JE TE ROULE UN PATIN, TU TE TRANSFORMES EN PRINCE CHARMANT, C'EST ÇA ??
ROUC !
NAN MAIS ÇA VA PAS, HO !
TU TE CROIS OÙ, TOI ??! TU M'AS PRISE POUR ALAIN BOUGRIN-DUBOUR OU QUOI ?
ROUC ! ROUC !
ALLEZ, DÉGAGE ! J'AI RIEN À BOUFFER, J'AI DIT! OUSTE !!
ROUC !
BON ALLEZ, CASSOS !! ÇA COMMENCE À ME GONFLER, TOUTE CETTE VOLAILLE ...
ALORS, UN CAPUCCINO, ÇA NOUS FAIT ....
ROUC ! ROUC !
ROUC ! ROUC !
ROUUUUC....

SPÉCIAL FODUKU !

10 beaux Mecs déjà pris pour cet été !

En couverture, nous vous annoncions 10,3 BEAUX MECS CELIBATAIRES !

Hélas. Trop tard. Entre-temps, dix de nos beaux célibataires se sont déjà casés ! Ben oui, c'est comme ça, il fallait faire vite, vous n'êtes pas la seule en chasse, ma belle ! Comme on est sympa, on va quand même vous montrer les beaux gosses à côté de qui vous êtes passée, les lovers que vous avez failli avoir, bref ceux que vous croiserez cet été en soirée au bras d'une fille-que-vraiment-on-voit-pas-ce-qu'il-lui-trouve.

Grâce à nous, vous allez pouvoir rester une célibataire passive, tout en culpabilisant de ne pas avoir réagi assez vite ! Eh oui, cet été c'est encore Brad Pitt en slip qui vous tiendra compagnie sur la plage, mais seulement sur votre magazine chéri ! Merci qui ? Merci "Rien dans ma vie !".

PAULO, 35 ANS, masseur de crème solaire
✉ Toujours-dispo@echangisme.fr

ROMAIN, 29 ANS, artiste feignant
✉ lamourmatransforme@johnny-depp.fr

BOB, 35 ANS, dompteur de karma
✉ scientologie-mon-amour@tomcruise.fr

IVAN, 25 ANS, étudiant
✉ inseparables@couplepenible.fr

OLIVIER, 28 ANS, tapeur de texto
✉ offreperimee@trotard.fr

...et 0,3 beaux mecs toujours disponibles !

Célibataires, ne perdez pas espoir !
Ces trois charmants garçons sont toujours à la recherche de l'âme sœur !... Raymond, Legolas, et surtout Steven, célèbre poète dont vous connaissez probablement déjà les œuvres, véritables odes à l'amour : "Stronger ejaculation", "Enlarge your penis !"... Car les spams sur le Viagra, c'est lui !
Donc n'hésitez pas à leur envoyer des mails pleins de fautes d'orthographe pour leur dire que vous les kiffez grave !

RAYMOND, 25 ANS
homme riche
fraude@arnak.fr

LEGOLAS, 4000 €
figurine taille réelle
reve@donjon&pigeon.fr

STEVEN, 36 ANS
geek et poète
jaimepaslesmoches@yahho.fr

L'AVIS DU PSY

Ouais, ben moi franchement je les trouve pas terribles, ces pseudo beaux gosses. Je sais pas ce que leurs copines leur trouvent, mais question virilité, c'est zéro. Rien que le gros naze à la chemise rose avec son regard de flan sentimental, il a le charisme d'un apprenti boulanger en contrat de qualif ; et puis alors le Jean-Seb, là, je suis sûr que d'ici deux ans il aura viré homo et qu'il sortira avec le mec à la gourmette... D'ailleurs, sortir avec ce genre de blaireau est une preuve flagrante d'immaturité féminine, car la fille s'expose à un grand risque d'instabilité affective. Une fille intelligente et épanouie porterait son choix sur un homme un peu plus âgé, légèrement dégarni et socialement établi.

LUDO, 22 ANS, pilote de X-box
touchepas@mon-mec.fr

SAMI, 31 ANS, prof d'insertion sociale
macopinefedukarate@pataper.fr

LOÏC, 22 ANS, danseur
chassegardee@patouche.fr

JEAN-SEB, 19 ANS, minet
moncoeurappartient@une-autre.fr

NICO, 26 ANS, masochiste
jemesuisremisavecmonex@yahoo.fr

...ÉVIDEMMENT, C'EST TRÈS TENTANT ! C'EST L'ÉTÉ, IL FAIT CHAUD ET TOUT VA PAR DEUX, ICI...
...JE ME SENS SI SEULE, ALORS DEUX, CE SERAIT RÉCONFORTANT, ÇA ME FERAIT DU BIEN !...
ALORS ?
...RHÂ, JE NE SAIS PAS SI JE DOIS, VOYEZ-VOUS !... CE NE SERAIT PAS RAISONNABLE...
...C'EST UN PLAISIR SI ÉPHÉMÈRE, ÇA NE RÉSOUD RIEN ET ON EST VITE RATTRAPÉ PAR LA RÉALITÉ...
Hiii ! TU LUI PLAIS, J'EN METTRAIS MES MAINS À COUPER !!
...MAIS EN TOUT CAS VOUS PARLEZ VRAIMENT TRÈS BIEN LE FRANÇAIS POUR UN ITALIEN !...
...C'EST QUOI VOTRE NOM DÉJÀ ?
Gelati
Dino Gélati
BON ALORS, MISS ?... VOUS VOULEZ UNE BOULE OU DEUX BOULES ?
O.K. METTEZ-MOI TOUT LE BAC STRACCIATELLA, ÇA DEVRAIT SUFFIRE...

UNE COMÉDIE PHARMACEUTIQUE BIENTÔT SUR VOS ÉCRANS !

REGIM
CAREY

SKELETT
JOHANSON

LES LABORATOIRES CHARNIER
présentent

CHÉRIE, J'AI RÉTRÉCI TA CELLULITE !

Par les créateurs de
CHÉRIE, J'AI RÉTRÉCI TA GRAISSE !

OSCAR DES MEILLEURS EFFETS SPÉCIAUX

Sortie ÉTÉ 2007

L'AVIS DU PSY

Vous pouvez me croire si je vous dis qu'il s'agit là d'un chef-d'œuvre du 7e Art : c'est scientifiquement prouvé. Testé en laboratoire, 93% des femmes déclarent avoir trouvé ce film formidable dès la première projection. Probablement la meilleure œuvre de fiction depuis le dernier film de Stanley Lubrick, avec plein de gros plans sur des fesses bien fermes qui remuent dans tous les sens. On attend avec impatience de découvrir sur nos écrans le troisième volet de cette trilogie palpitante "Chérie, j'ai rétréci tes rides !", ou "Chérie, j'ai rétréci ton cerveau !". Les produits dérivés s'arrachent déjà chez les ménagères !

BON, C'EST VRAI, J'AI PEUT-ÊTRE UN PEU ABUSÉ SUR LA GLACE...
...J'AURAIS PAS DÛ REPRENDRE UN BAC NOUGAT-MIEL APRÈS LE BAC STRACCIATELLA...
...D'AUTANT QU'AVEC LE GÂTEAU DE MARIAGE D'HIER, LA PIZZA-CHANTILLY D'À MIDI ET LE CAPPUCCINO-NUTELLA DU GOÛTER, ÇA FAIT UN PEU LOURD...
...MAIS BON, J'AI PAS D'AMOUREUX, ALORS J'AI BIEN LE DROIT DE ME FAIRE PLAISIR, ZUT ! D'ABORD JE MANGE PAS, JE COMPENSE.
...ALORS O.K., J'AI PEUT-ÊTRE UN PEU TROP COMPENSÉ, MAIS ENFIN, MERDE, QUOI !...
...JE SAVAIS PAS QU'IL FALLAIT ÊTRE À JEÛN POUR FAIRE UN TOUR EN PIROGUE !...

ALORS TU REPARS DEMAIN ?
C'EST SYMPA D'ÊTRE VENUE, ÇA A FAIT SUPER PLAISIR À JENNIFER...
C'EST BEAU, ICI, HEIN ?
...TU SAIS QUE VENISE EST EN TRAIN DE DISPARAÎTRE ?
AVEC LE RÉCHAUFFEMENT CLIMATIQUE, LE NIVEAU DE LA MER MONTE...
LES FONDATIONS DES MAISONS SONT DÉJÀ TOUT HUMIDES ET MOISIES...
SI ON FAIT RIEN, UN JOUR VENISE SERA ENGLOUTIE SOUS LES EAUX...
'Y A DES SCIENTIFIQUES QUI BOSSENT SUR LA SAUVEGARDE DE VENISE...
IL FAUT SAUVER VENISE, BRENDA !
OUI, PROFESSEUR RAYMOND.
'Y A PLEIN DE PROJETS À L'ÉTUDE, MAIS PERSONNE N'EST D'ACCORD...
...DU COUP ÇA N'AVANCE PAS, ALORS QUE L'EAU CONTINUE DE GRIMPER...
OH, BRENDA !! BOSSER SUR VENISE, ÇA ME MET DANS TOUS MES ÉTATS !...
...LA SURVIE DE VENISE NE TIENT PLUS QU'À UN FIL...
SUPER-ABSORBANT À LA RESCOUSSE !!!
... SUPERCAPTEURS ACTIVÉS, CHEF !!

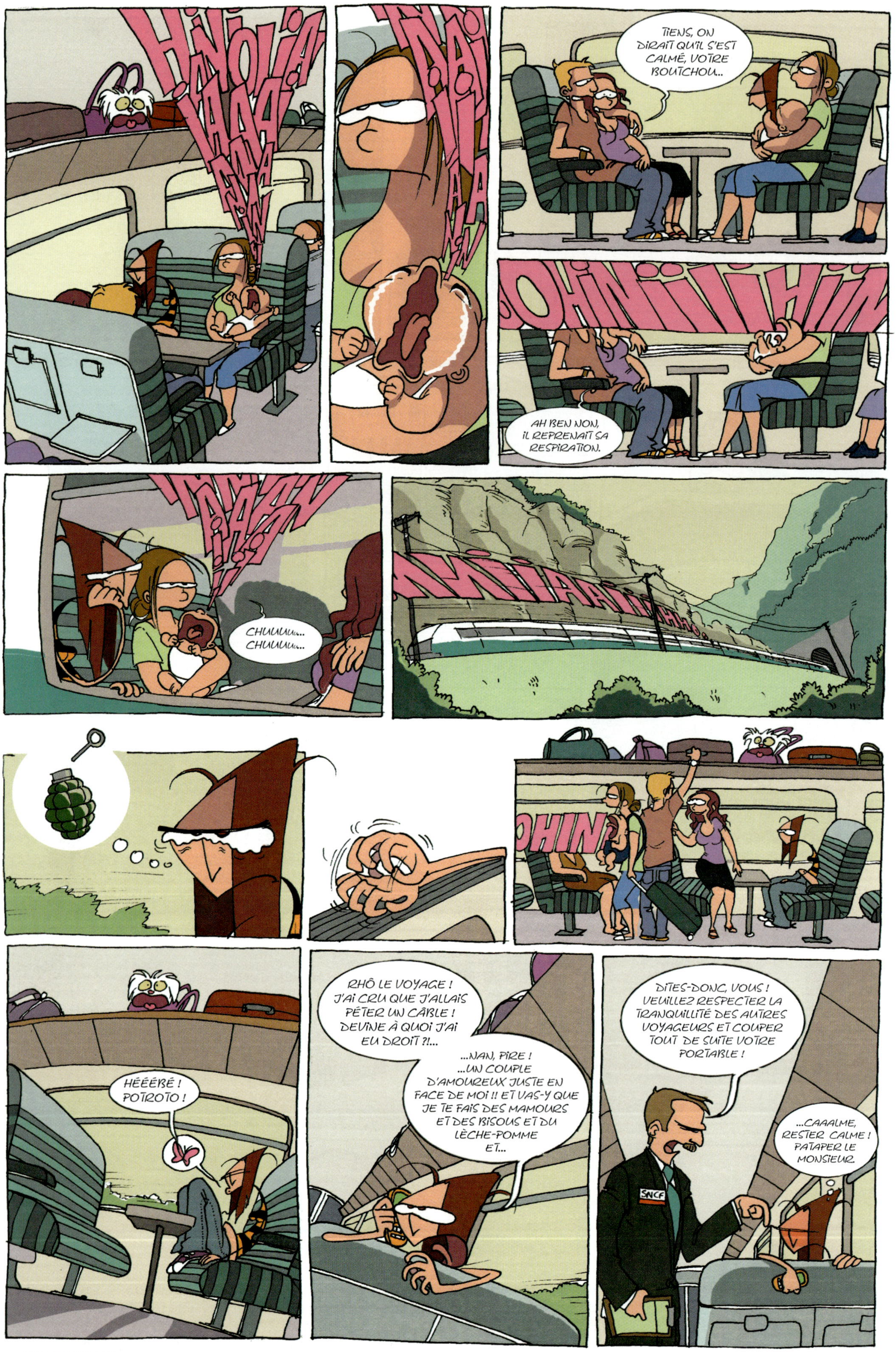
TIENS, ON DIRAIT QU'IL S'EST CALMÉ, VOTRE BOUTCHOU...
AH BEN NON, IL REPRENAIT SA RESPIRATION.
CHUUUUU... CHUUUUU...
HÉÉÉBÉ ! POTROTO !
RHÔ LE VOYAGE ! J'AI CRU QUE J'ALLAIS PÉTER UN CÂBLE ! DEVINE À QUOI J'AI EU DROIT ?!...
...NAN, PIRE ! ...UN COUPLE D'AMOUREUX JUSTE EN FACE DE MOI !! ET VAS-Y QUE JE TE FAIS DES MAMOURS ET DES BISOUS ET DU LÈCHE-POMME ET...
DITES-DONC, VOUS ! VEUILLEZ RESPECTER LA TRANQUILLITÉ DES AUTRES VOYAGEURS ET COUPER TOUT DE SUITE VOTRE PORTABLE !
SNCF
...CAAALME, RESTER CALME ! PATAPER LE MONSIEUR.

...'MARCHE PAS, SON MACHIN VAUDOU, LÀ !...
...REMBOURSEZ-MOI MES 50€ OU J'APPELLE JULIEN COURBET !
PAS DE PROBLÈME, ON VA S'ARRANGER !
...JUSTEMENT, 50€ C'EST LE MONTANT DES FRAIS D'INSCRIPTION À MON AGENCE DE RENCONTRES !...
...ALORS JE VOUS INSCRIS D'OFFICE, ET JE VOUS CONVIE CE SOIR À NOTRE GRANDE SOIRÉE "CARREFOUR DE L'AMOUR" SPÉCIAL CÉLIBATAIRES ! ÇA VOUS VA ?
OUI ! VAS-Y !! JE METTRAIS MES JAMBES À COUPER QUE ÇA VA ÊTRE GÉNIAL !!
...
NON! C'EST UNE ARNAQUE ! PERSONNE NE POURRA JAMAIS T'AIMER !...
...FAIS-TOI JUSTE REMBOURSER ET ACHÈTE-TOI UN POT DE NUTELÉ FORMAT RÉGIONAL !
Nutelé
...VOUS AVEZ FAIT LE BON CHOIX ! ... NOUS ORGANISONS CES NOCTURNES EN PARTENARIAT AVEC UNE GRANDE SURFACE ! DES DIZAINES DE CÉLIBATAIRES SERONT PRÉSENTS !...
KEBAB
AH ! MAIS OUI, C'EST SUPER TENDANCE !! LES CÉLIBATAIRES VIENNENT FAIRE LEURS COURSES AVEC UN PANIER DE COULEUR DIFFÉRENTE, C'EST ÇA ?
ABSOLUMENT !...
...SAUF QU'ICI C'EST À VOUS DE DÉBUSQUER LES CÉLIBATAIRES, C'EST BEAUCOUP PLUS DRÔLE !
COMMENT ÇA ??
...TENEZ, VOTRE PETIT PANIER, ET BONNE CHANCE !
AH, JE VOIS. TOUS LES PANIERS SONT DE LA MÊME COULEUR...
ACCUEIL
JUS d'ORANGE 100% Flotte
VITE! Plus que 6 mois avant Noël !!! PROMO sur les CHOCOLATS !!!
PFFF...
...BON, J'ESPÈRE AU MOINS QU'IL Y A DU NUTELÉ FORMAT RÉGIONAL, ON SERA PAS VENUS ICI POUR RIEN...

VENISE IN et OUT

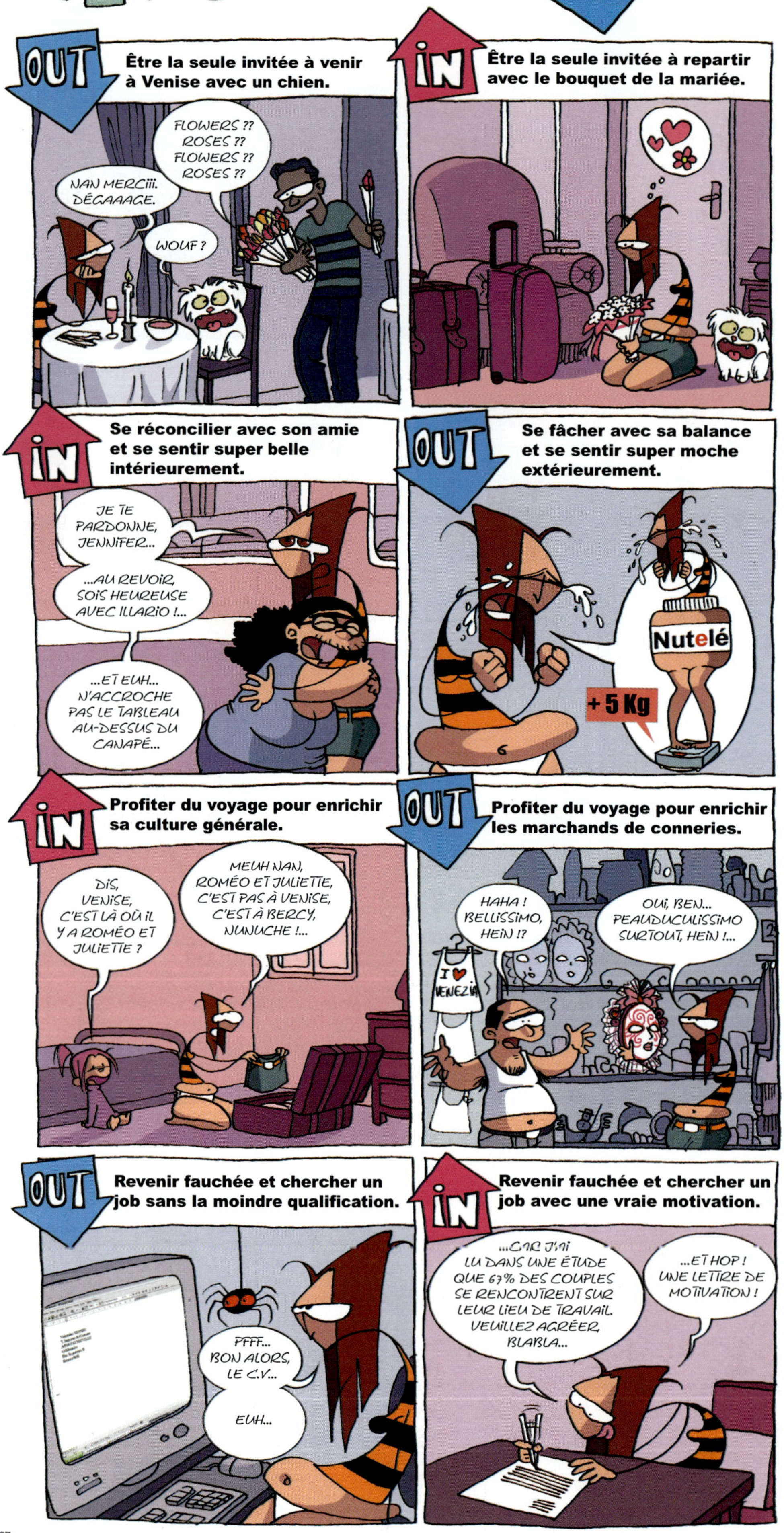

Valentine MONDU
7, impasse de l'Amour
78500 CHAMPOMIX-sur-MORNE
Célibataire confirmée
Pas de permis B
Bonnet 80B

DIPLOMES

2001 : Baccalauréat mention Recalée.
2003 : Meilleure cliente du catalogue de vente par correspondance " Les Trois Cuisses".

EXPERIENCE PROFESSIONNELLE

2003 : Cherchage de stage.
2004 : Rien.
2005 : Dépression nerveuse.
2006 : Cobaye en centre psychiatrique.

LANGUES

Notions de français.
Difficultés générales de communication.

DIVERS

INFORMATIQUE : Excellente maîtrise du SMS.
Centre d'intérêt : Légolaaaaaas !

Les Tréfonds de la Passion

La jeune Tatiana a été embauchée comme stagiaire dans une prestigieuse société pleine de gens puissants et fourbes. Après avoir couché avec tout le service contentieux, il semble qu'elle ait enfin trouvé l'âme sœur auprès de Bob, un jeune veuf récemment divorcé, qui a lui aussi vachement souffert dans sa vie avec des drames personnels, tout ça...
Bob s'étant finalement décidé à l'inviter à manger un kebab au square, ils viennent de découvrir qu'ils partagent tous les deux une même passion pour les enfants leucémiques, la forêt d'Amazonie et Clovis Cornillac...